徳間文庫

隅田川殺人事件【決定版】

内田康夫

徳間書店

目次

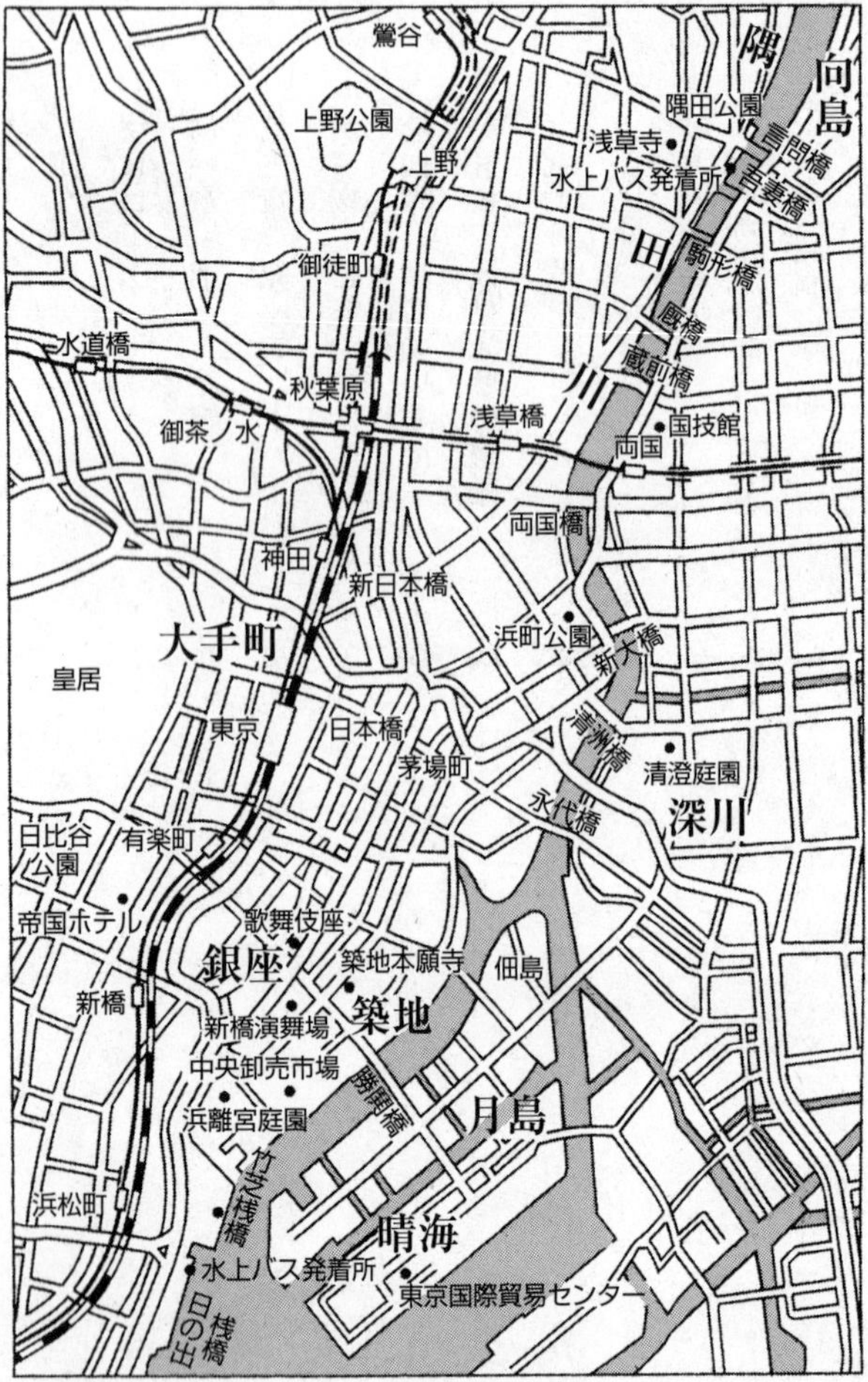

鶯谷
隅
向
島
隅田公園
上野公園
浅草寺
言問橋
上野
水上バス発着所
吾妻橋
田
駒形橋
御徒町
厩橋
水道橋
蔵前橋
川
秋葉原
浅草橋
国技館
御茶ノ水
両国
両国橋
神田
新日本橋
浜町公園
大手町
新大橋
皇居
東京
日本橋
清洲橋
茅場町
清澄庭園
永代橋
深川
日比谷
公園
有楽町
帝国ホテル
歌舞伎座
銀座
築地本願寺
佃島
新橋
築地
新橋演舞場
中央卸売市場
勝鬨橋
浜離宮庭園
月島
竹芝桟橋
浜松町
晴海
水上バス発着所
東京国際貿易センター
日の出桟橋

プロローグ

何のコマーシャルなのか、水道の蛇口からしずくが落ちて、「ここが海の始まり」というようなナレーションが入るテレビＣＭの、その部分だけを、浅見《あさみ》は妙に鮮明に記憶している。

それは海洋汚染防止を呼び掛ける、政府広報か何かのＣＭだったかもしれない。しかし、浅見はそのＣＭを想起するたびに、少年時代、「音無川《おとなしがわ》」のほとりで会った「狂女」のことを連想するのだ。

音無川というのは、飛鳥山《あすかやま》の麓《ふもと》を流れ下る川の名前であり、別名「滝野川《たきのがわ》」ともいう。正式な名称は「石神井川《しゃくじいがわ》」というのだが、浅見がそれを知ったのも、その「狂女」から聞いたのが最初である。

浅見光彦《みつひこ》の家は、東京の北区西ヶ原という高台の住宅街にある。飛鳥山は西ヶ原の北に隣接する、江戸時代から知られた桜の名所で、明治六年に東京に設けられた五公園の一つでもある。

飛鳥山の向こう側は王子《おうじ》といい、これまた、落語の「王子の狐」で知られるように、王子権現《ごんげん》や王子稲荷《いなり》、名主の滝など、江戸時代の代表的行楽地の一つであった。

王子権現のある台地と飛鳥山とのあいだを、削り取ったように流れ落ちる川が「音無川」だ。昔は桜や紅葉のきれいな渓谷《けいこく》だったといわれる。

昭和四十年代と五十年代に、飛鳥山の下をトンネルで通すバイパスができて、音無川は事実上、水の流れない川になってしまった。現在は公園として、人工的なせせらぎが流れ落ち、それはそれで人の目を楽しませてくれる。

その音無川に架かる、姿の美しいアーチ橋を「音無橋」という。音無橋の橋脚の下は、昔から水辺近くまでそぞろ歩きができる公園で、飛鳥山からこの辺りまでが、浅見の少年時代の遊び場であった。

アーチ橋の特性なのだろうか、橋の下に立って手を叩くと、アーチ状の橋桁《はしげた》に反響して、きわめて明瞭な鳴き竜を聞くことができる。日光の鳴き竜の比ではない。

その橋の下に、「狂女」が時折、現われた。もっとも、彼女が本当に狂女だったのかどうか、浅見はじつのところ、いまだによく分からない。

美しい女性であったことはたしかだ。白い顔、長い髪、いつも決まって赤いドレスを着て、橋の下の遊歩道を行き来していた。それと化粧がむやみに濃いので、異様な印象があった。悪童どもが、あれはおかしい——と考えたのも無理はないのかもしれない。

「狂女」が音無橋に現われるのは、何が目的というわけでもないらしく、ただゆっくりと、岸辺の往復を繰り返すばかりだった。

浅見の仲間の多くは、気味悪がるか無視するかのどちらかであったが、浅見は何となく彼女に興味を惹《ひ》かれた。

といっても、浅見からみると「おばさん」といっていい年代だから、こちらから話しかけるというような相手ではなかった。

ある日、浅見が岸辺で、紺の半ズボンのポケットに両手を突っ込んで、水に浮く泡の行方を眺めていると、いつのまにかその「狂女」が寄ってきて、話しかけた。

「坊や、この川の始まりはどこだか知っている?」

浅見はびっくりしたのと、その質問の意図が分からなかったことと、それに、答えを知らなかったことで、黙っていた。

「この川の始まりはね、小平《こだいら》っていうところなのよ」

「コダイラ……」

浅見は復唱したが、どういう文字を当てはめるのかも分からなかった。

「わたしのお母さんはね……」と、狂女は呟《つぶや》くように言った。

「お母さんは、小平で死んだの。胸を刺して死んだの。真っ赤な血が流れて……川にね、この川の始まる泉に流れて、川を流れて……だからきっと、もうじき、ここに、赤い水が流れて……」

狂女は嗚咽《おえつ》して、途切れ途切れの言葉だったが、涙は流していなかった。涙を流さずに泣く人を、浅見ははじめて見た。

狂女の記憶はそれだけである。彼女がどういう顔をしていたのかは、まったく憶《おぼ》えていないが、あの赤いドレスと、途切れ途切れの言葉は、断片的に憶えている。

母親が胸を刺し、その血が石神井川に流れたという、それが事実あったことなのかどうかは知らないが、鮮血が泉の水を染め、川にひと筋の模様を浮かべながら流れ下るさまは、浅見の記憶に鮮烈に刻みこまれたのだ。

それから数年後、浅見は音無川と呼んでいる川の名が「滝野川」とも呼ばれることや、その上流は石神井川であり、小平市が源流であることを学んだ。

角川書店発行の『日本地名大辞典』には次のように記されている。

〔石神井川は現在の小平市御幸《みゆき》町付近の窪《くぼ》地に水源を発して東流し、田無《たなし》市へ入り、練馬区では富士見池・三宝寺池《さんぼうじ》・豊島園池の湧水、板橋区では田柄川《たがらがわ》を合わせ、北区に入る。滝野川あるいは音無川と称され、堀船三丁目で隅田川に注ぐ。延長25・2㎞。（中略）下流の滝野川の部分は音無渓谷と呼ばれ、王子飛鳥山付近の権現の滝・大工の滝・不動の滝・見晴《みはらし》の滝・弁天の滝などが連なり、渓谷美・紅葉の景観で知られ、安藤広重《あんどうひろしげ》の「名所江戸百景」はじめ、名所の画材として描かれたものが残っている」

水道の蛇口から水が出るテレビＣＭを見ると、浅見は条件反射のように、幼い日の光景とともに、「お母さんの血が、川に流れた」と言った狂女の言葉を思い出す。

その血が石神井川を下り、音無橋をくぐり、隅田川から、やがては、あの水道の水と同じように海に注がれた——というイメージが、頭の中のスクリーンに映し出される。

第一章　消えた花嫁

1

　このところ毎晩、浅見は丑三《うしみ》つ刻《どき》までワープロを叩《たた》いている。時には仕事に熱中するあまり、時計の針が午前二時を回ったのに気付かないことさえある。

　丑三つ刻——午前二時はお化けの出る時間である。「草木も眠る丑三つ刻、軒下三寸下がるとき……」というのは、講談や落語で幽霊の出るマクラことばだが、浅見はその定説をまともに信じているクチだ。

　もっとも、「軒下三寸下がる」というのはどういう現象なのか、よく分からない。分からないなりに、なんとなく実感を伴っているところが、さすが名言だと思う。

　で、この日も浅見は、例によって九時過ぎまで寝坊した。

「せめてもう一時間早く、お目覚めになってくだされぱいいのに」

お手伝いの須美子《すみこ》に文句を言われながら、たった一人の朝食をしたためているところに、運悪く、雪江《ゆきえ》未亡人がご帰館した。

「またこんな時間に……」

次男坊を睨《にら》んで、眉《まゆ》をひそめた。

「おはようございます、散歩ですか？」

浅見はトーストを齧《かじ》りかけたまま、上目づかいに母親を見て、言った。

「ほらほら、ものを食べながら何か言うのはお止《や》めなさい、パン屑《くず》がこぼれるじゃありませんか」

浅見は慌てて、テーブルの上に首を突き出して、その拍子にコーヒーカップを引っくり返しそうになった。

「やれやれ……」

雪江は嘆かわしそうに、首を振った。

「光彦も、毎日暗い部屋でゴロゴロしてばかりいないで、たまには朝の散歩でもなさい」

「あ、ゴロゴロはひどいです」

浅見は口の中の物を飲み込んでから、唇を尖《とが》らせた。

「このところ、原稿に追い掛けられて、ワープロの前に座りきりなのですよ」

「おや、そうなの。キーを叩く音がちっとも聞こえませんけどね」

「それは、あれです……つまり、沈思黙考《ちんしもっこう》をしている時なのです」

「沈思黙考も一時間を越えると、わが国では睡眠と呼ぶのだけれど……まあいいでしょう。でもね、運動不足にならないように、気をつけなさい」

「はあ、気をつけます」

浅見はありがたい母の気づかいに、最敬礼で応えた。

「飛鳥山の桜がとってもきれい」

雪江は次男坊を見放して、須美子を相手に言った。

「今年は暖冬だったから、例年より早いのかしら。あと二、三日すれば散り始めそうよ。わたくしはそろそろ出掛けますからね、須美子さん、ちょっとお手伝いしてちょうだい。そのあと、ハイヤーをお願いね。そうそう、光彦もたまには飛鳥山の桜ぐらい見ていらっしゃい」

一気に喋《しゃべ》ると、よそゆきに着替えるのだろう、須美子を伴って奥へ行ってしまった。

「はい、そうします」

浅見は母親の背中に向かって、もう一度頭を下げた。

たしかに運動不足は事実なのである。浅見は食後、ありがたい母親のご託宣《たくせん》に従って、桜見物に出掛けてみた。浅見家から飛鳥山までは、歩いて十分とはかからない。

雪江が言ったとおり、桜は満開であった。近くにいる割りに、浅見がこうして桜を眺めるチャンスは滅多にない。上野公園ほどではないのだろうけれど、花見の客も出て、なかなかの賑《にぎ》わいであった。茣蓙《ござ》や毛氈《もうせん》を敷いて、食べたり飲んだり、カラオケを持ち込んで歌ったり、踊ったり——とさまざまだ。

浅見はそういう騒ぎを冷《ひ》やかしながら、桜の下を潜《くぐ》る敷石道を、のんびり歩いて行った。

ゆくてに何か争うような気配があると思ったら、男の酔客が二人、若い女性に絡んでいるらしい。女性のほうも二人だが、一人が袖口《そでぐち》を摑《つか》まれ、逃げるに逃げられない様子だ。

周囲に人は大勢いるのだが、例によって誰も手を出したがらない。女性はいまにも泣き出しそうにしている。

浅見は近づいて、女性を摑まえている男に向かい、「やめなさいよ」と言った。

中年男かと思ったが、よく見るとそれほどでもない。二人とも三十を少し出たかという、浅見と似たような歳格好《としかっこう》であった。

「なんだ、おめえは……」

そういうようなことを言って、今度は浅見に絡んできた。女性を摑んでいる手はそのままなので、浅見はとりあえずその手を捩《ねじ》るようにして、外してやった。女性は急いで逃げて、群衆の後ろに隠れた。

「この野郎！……」

男は今度は浅見の胸倉を摑んだ。もう一人のほうも浅見の肩を押さえ、二人で左右から浅見の体を揺さぶった。かなり酔っていることはたしかだ。目の色は狂気を思わせるほど、赤く濁っていた。

（殴られるかな――）と浅見はなかば覚悟を決めた。殴られたらどうするか、考えてはいなかった。余計なことに手を出した――という後悔もあったが、あの場合、黙って見過ごすわけにはいかなかった。

女性に逃げられたほうの男が殴りかかってきた。浅見は左手でかろうじて、まともに顔を殴られるのは避けたが、それでも避けた腕と、側頭部に打撃を受けた。

つづいて第二撃が飛んできそうだった。だが、横から駆け寄った男の手が、酔客の拳《こぶし》を阻止した。

新たに現われた男は、五十前後の紳士だった。背丈は浅見より少し低いくらいだが、胸の厚い、堂々とした体軀《たいく》だ。

二人の男は浅見から紳士に目標を変更した。相手がやる気だと見て、闘志を燃やしたらしい。ものも言わずに紳士に飛びかかった。

紳士は二人の男を突き飛ばした。酔いで腰の決まらない二人はよろけ、一人は倒れた。紳士は倒れた男の腰の辺りを足蹴《あしげ》にした。男は「グエッ」という声を発して、痛そうに地べたを這《は》った。

もう一人の男は、まだ紳士に立ち向かったが、紳士が身をかわし、ひと突きすると、あっけなく地上につんのめった。その男の腰の辺りを紳士は蹴《け》った。蹴ったばかりでなく、顔に靴を載せてギュッと踏みにじった。周囲から悲鳴が上がるほど、残酷に思えたが、紳士は構わず、もう一人のほうの男の顔も、同じように踏みつけた。

二人の男は、苦痛と恐怖で、抵抗するどころか、立ち上がる気力もないらしい。

「警察だ！」と誰かが叫んだ。酔客の乱暴を見兼ねた人が、警察に通報したのだろう。しかし、巡査が現場の様子を見たら、加害者と被害者を取り違えかねない。

「逃げたほうがいいですよ」

浅見は忠告した。

男は「どうして?」と怪訝《けげん》そうな目を浅見に向けたが、逆らわず、足早に立ち去った。

二人の警察官が息を切らせて、坂を登ってきた頃には、二人の男は地上に座り込み、放心状態で、腰や顔をさすっていた。

「どうしたんです?」

警察官は二人と、それから周囲の野次馬に訊《き》いた。

「喧嘩《けんか》ですよ」

浅見は言った。

「その二人が喧嘩して、相打ちになったみたいですよ」

警察官は眉をしかめた。

「しようがねえな、大丈夫ですか?」

かがみ込んで、二人の男に訊いた。男はそれぞれ「ああ、大丈夫」と頭を下げた。かなりのダメージかと思ったのだが、紳士は手加減したらしい。本人たちの痛みの程度は分からないが、出血もなく、見た目にも大したことはなさそうだ。

「飲むのはいいけど、おとなしくやってくださいよ。ともかく、一応は交番まで来てもらいましょうか」

警察官は「やれやれ」とぼやきを残し、二人を連れて現場を去って行った。

二人の女性も浅見に礼を言うと、そそくさと立ち去った。

少し行った先に、紳士が待ち受けていた。

「なかなか鮮やかなものですね」

紳士のほうから、声をかけた。白い歯を見せた笑顔が、きわめて印象的だ。

「はあ……」

浅見は浮かない顔をした。

「さっきのあれ、私の仕打ちは、あなたはあまりお気に召さないようですなあ」

紳士は笑いを含んだ口調で言った。

「あそこまで乱暴にやることはない――と、そう思っているのでしょう?」

「ええ、正直言って、少し驚きました」

「ははは、やっぱりそうでしたか。いや、あなただけでなく、野次馬の多くはそう思ったにちがいありませんよ」

紳士は何もかも見通しているらしい。「少しご一緒に歩きませんか」と、浅見を誘い、ゆっくりした足取りで歩きだした。

「しかしですね、酔っぱらってあばれる者は、ぶん殴ったり、蹴とばしたりして、いっこうに構わない——というのが私の主義なのですよ。いや、むしろ、そうするのが、シラフの人間の義務だと言っていい」

喋っているうちに、紳士はしだいに真顔に変わっていった。

「だいたい、酒飲みをチヤホヤするというのは、日本人の悪い習性なのです。酒を飲んで無法をするというのは、恥ずべき行為であるのに、酒の上のこと——といって大抵は許してしまう。殺人を犯してさえ、酒に酔っていれば、心神耗弱《しんしんこうじゃく》という情状酌量の余地が認められたりする。これはむしろ逆であって、本来、殺人罪の上に酒乱の罪を加算すべきなのです。酒を飲んでつけあがるようなやつは、ひどい目にあわせるほうがいい。江戸っ子は宵越しの銭は持たない——などというのは、雇い主側、つまり資本家の策略でしてね、職人で江戸っ子を気取りたがる者は、日当をもらうと、食べ物だけでは使いきれないから、酒と遊びで使った。酒が強いと『それでこそ男だ』とか言って煽《おだ》てる。弱い者も無理して飲んでいるうちには、だんだん強くなる。酒代が嵩《かさ》んで、年中ピーピーしているようになる。あげくの果てには、親方や雇い主からカネを借りるようになって、身動きもできないことになるのです」

紳士はたんたんと喋った。浅見もあまりアルコールは強いほうではないから、その意見には賛成だが、あそこまで暴力を振《ふる》っていいものかどうかとなると、首をかしげないわけにはいかない。

とはいえ、紳士の快挙には喝采《かっさい》を送りたかった。自分にそこまで割り切れる主義も、それに度胸も腕力もないことが、少なからず残念な気がした。

浅見がそのことを言うと、紳士は「そんなことはない」と言下に言った。

「あなたは勇気のある人ですよ。あれだけの野次馬がいながら、娘さんを救おうとしたのは、あなた一人だったじゃないですか。私などは、ただその尻馬《しりうま》に乗っただけです」

紳士はニッコリ笑って、「では」と会釈《えしゃく》すると、大股に歩いて行った。

2

結婚式当日、吾妻橋《あづまばし》から日の出桟橋《さんばし》まで、水上バスに乗って行こう——と言い出したのは、花嫁の隆子《たかこ》であった。

「どうせ八芳園《はっぽうえん》まで行くのだもの、いいんじゃない？」

浅草から八芳園までは、車で行くのでなければ地下鉄でほぼ一直線だ。

「そうだなあ、水上バスで行くのも悪くないかなあ」

叔父の津田次郎が賛成の第一声を発した。母親が気乗りしなかった以外、誰も反対者はいなかった。母親も「それじゃ、雨でなければということで……」と、消極的に賛成することになった。

その日は穏やかに晴れた。結婚を祝福するような日和《ひより》だった。

津田隆子はすでに三十六歳、そう若いとは言えない年齢だ。若い花嫁と同じように、楚々《そそ》とした風情《ふぜい》で――というのは、本人も照れ臭くてしようがない。水上バスに乗って行こうなどと言い出したのも、そういう気持ちの表われだ――と、誰もが思い、そう思ったから、あえて反対することはしなかったとも言える。

ほかの連中は礼服を着ていたが、花嫁の隆子は会場で着替えるので、春らしい淡いグリーンのワンピースの上に、ベージュのコートという、むしろふつうの服装であった。

隅田公園の桜は五分咲きだったが、晴れた空を映す隅田川に映《は》えて、美しかった。

「やっぱり水上バスにしてよかったな」

誰もがそう思った。

吾妻橋の水上バス乗り場で、花嫁一行八名が乗船した。まだ川面《かわも》を渡る風は冷たいが、温室のようなガラス張りの水上バスの中は、のどかな気分だ。

ガイドのアナウンスが隅田川の両岸の風景を説明するごとに、客たちは左右に首を振った。四十分の距離が、ちっとも長く感じられなかった。

日の出桟橋に着くと、一行はほかの客たちに交ざって、ゾロゾロと船を降りた。

桟橋には逆方向へ向かう客が列を作って待っていた。

一行は待合室で揃《そろ》って、二台のタクシーに分乗して、八芳園に向かう予定であった。

八名のうち七名の顔が揃った。あと一名がやってこなかった。肝心な一名であった。

花嫁の津田隆子の姿が、いつまで待っても現われなかった。

「どうしたんだ？」「トイレかな？」「先に行ってしまったんじゃないだろうな」「まさか……」いった会話が交わされた。

十五分待っても、隆子は現われない。これはおかしい――という、不安な気持ちが黒雲のように、全員の胸に広がった。

八芳園のほうに電話してみたが、まだ到着していないという。着付け係が待機しているのだが、早くしてくれないと間に合わなくなると言っているそうだ。

「乗った時はたしかにいたよな？」

次郎叔父が全員にたしかめた。

「だが、降りた時には、誰も隆子の姿を見ていないっていうわけだな？」

その質問にも全員が頷《うなず》いた。

「ひょっとすると、椅子《いす》で眠ってしまって、あっちへ戻って行っちまったんじゃないのかい？」

叔母の浩子《ひろこ》が言った。そうかもしれないということになった。次郎が、待合室の奥にある、水上バスの事務所に行って、船に問い合わせをしてもらえないか、訊いてみた。

「いいえ、お客さんは全員、降りましたよ」

事務所の職員は断定的に答えた。

「そんなこと、どうして分かるんです？」

次郎はいらいらしているところだから、少し突っ掛かるような言い方をした。

「分かるのです。要するに、乗船券の半券を降りる際に渡していただきますのでね。降りないお客さんがいたりすれば、員数が合わないので、すぐに分かってしまうというわけです。そうでないと、何回も往復するお客さんも出ないとは限らないわけで」

「なるほど……」

言われてみると、たしかにそのとおりであった。次郎の報告を聞いて、みんなが納得した。

「だけど、それじゃ隆子はどこへ行ってしまったのだろう？」

「やっぱり、ひと足先に八芳園へ行ったとしか考えられないなあ」

「でも、それならとっくに着いてなきゃ、おかしいわよ」

何度も同じ問答の繰り返しになる。

そのうち、誰からともなく、黙りこくってしまった。一つの想定に思い到ったのだ。

「まさか……」と、次郎叔父が、言いにくそうに言い出した。

「隆ちゃんに、ほかに好きな男がいたなんてこと、ないだろうな?」

「まさか……」

母親がすぐに打ち消したが、全員の胸に、その疑惑があったことは事実だ。そうでも考えないことには、この「神隠し」は説明がつかないように思えた。


時計を見ると、宴会の予定時刻まで、まだ一時間近くあった。われながら呆《あき》れるほどの性急《せっかち》で、例によって早めに家を出たのはいいのだが、いくらなんでも早過ぎた。

「運転手さん、ここで停めてちょうだい」

雪江は表通りで車を降りて、静かな裏通りをそよ風に吹かれながら行くことにした。

この辺りは明治学院など、学校の多いところだ。宏壮《こうそう》な屋敷も少なくない。塀越しに、桜の咲いている邸宅もあり、小さな坂の道も散歩がてらに歩くには苦にならない。

もう新学期が始まった学校もあるのだろうか。どこか遠くから、合唱の歌声が聞こえてきた。この季節に合わせたような「花」の合唱である。

——春のうららの隅田川　上り下りの舟人が　かいの雫《しずく》も花と散る——

雪江はふと足を停めて、耳を澄ませた。いつ聞いても胸躍り、心騒ぐコーラスである。日本の女学校と「花」とは切っても切れない関係にあるらしい。雪江が女学生だった頃も、必ずこの歌を歌った。かれこれ六十年にもなろうかという昔である。それがいまでもこうして、女学校（とは呼ばないが）の必須唱歌（とも呼ばない）として歌い継がれているというのは、驚異的なことだ。

しかも、いつまで経《た》っても古くならないのも、この歌の特徴である。

「花」は武島《たけしま》羽衣《はごろも》作詩、滝廉太郎《たきれんたろう》作曲で、明治三十三年（一九〇〇）に誕生した。ちなみに、明治三十三、四年というのは、学校唱歌花ざかりの時代で、この頃に作られた歌としては、「荒城の月」「鉄道唱歌」「箱根八里」「おつきさま」「お正月」「うさぎとかめ」「はなさかじじい」などがある。パチンコ屋でお馴染《なじ》みの「軍艦（パチンコ屋では、軍艦マーチとして演奏されている）」も明治三十三年に作られた。

その中でも人気ナンバーワンは、何といっても「花」ということになるだろう。少なくとも浅見雪江はそう思っている。

この歌を聞くと、戦前のまだ青春時代に行った隅田川の風景が、瞼《まぶた》に蘇《よみがえ》る。言問《こととい》橋《ばし》付近の墨堤《ぼくてい》を散策したり、茶店でお団子を食べたりした、かすかな思い出が懐かしい。

あれほど好きだった隅田川を、雪江は戦後になって、一度も訪れていない。

東京に生まれ育ち、あの戦争を体験した人間にとって、隅田川には悲しい記憶が付きまとう。

昭和二十年三月十日未明、東京の江東地区一帯はB29の大空襲によって壊滅し、死者十万人を出した。その多くは焼死だが、かなりの人々が、火を逃れようと隅田川に飛び込んで死亡している。

「淀《よど》み一面に死体が浮かんでいて、それを一日がかりで片づけても、次の日に潮が満ちてくると、どこから湧《わ》いてきたかと思うように、また一面の死体……そういうのが何日もつづきました」

当時を知る人がそう語っているのを聞いたことがある。

「春のうららの」と謳《うた》われたのと同じ隅田川に、一面の死体が流れていた日々が、現実にあったのである。

戦後の復興期を迎えるとともに、隅田川は工場排水などで急速に汚れた。かつては白魚《しらうお》がとれた河口付近から、上流の堰《せき》まで、流れる水は真っ黒く、川底からメタンガスを噴き上げ、異臭が鼻をついた。

そういう噂を聞くだけで、雪江は恐ろしくて、隅田川に近づく気にもなれなかった。何かの用事で、やむなく隅田川を渡る列車に乗る際には、列車が橋を渡りきるまで、じっと目を閉じていたものだ。

隅田川がきれいになった――という話を、チラホラ聞くようになっても、雪江はかたくなに隅田川を拒否し続けた。

雪江の脳裏《のうり》には、あの「春のうららの」と歌うに相応《ふさわ》しい風景しか宿っていない。桜吹雪《ふぶき》の向こうを、青い水面《みなも》をかきわけて、ポンポン蒸気と呼ばれた乗合の蒸気船がゆく風景である。

そのイメージを壊すのが恐ろしくて、どうしても現在の隅田川を見る気にはなれなかった。

「見ずやあけぼの　露浴びて　われにもの言う桜木を……」

コーラスは高く低く、しだいに遠のいて、やがて雪江の耳からは消えた。

3

この日、八芳園では、雪江の絵画教室仲間の結婚披露宴《ひろうえん》がある。池沢英二《いけざわえいじ》という五十一歳になる男で、七年だか前に妻と死別して以来、ずっとやもめ暮らしだった。相手の新婦は、年齢はそう若くないらしいが、初婚だと聞いた。浅草の老舗《しにせ》の娘で、信用金庫か何かに勤めているというから、お固い箱入り娘が想像される。大事にしすぎて、いささかトウが立った感はあるけれど、池沢の年齢からいえば、若鮎《わかあゆ》をもらうようだ。

「私は再婚の意志はないと、ずいぶん断ったのですが……」

などと照れていたが、断りきれなくなったのは、それだけ魅力があったということなのだろう。

池沢家関係者の控室に入ると、池沢がいて、ドアのところに出迎えた。

「どうも、お忙しいところ、ありがとうございます」

池沢は顔を染めてお辞儀をした。その年代にしては、背丈はあるほうだ。色白の顔に細い黒縁の眼鏡をかけた、見るからに気の優しそうな紳士である。

絵画教室では、まだ二年にも満たない新参だが、なかなか筋がよく、時には主宰する立石画伯も感心するような、ちょっとした玄人《くろうと》はだしの絵を描く。

その池沢が雪江に「結婚することになりました」と言ってきた。いかにも照れくさそうな様子だった。

「つきましては、披露宴にお出になっていただけませんか」

絵画教室では、雪江は最年長だから、敬意を表して言うのかと思ったが、そうではなく、新郎側の参会者の数が足りないというのである。

「私には親戚がないし、付き合いもあまり広くないものですから」

池沢は申し訳なさそうに言った。絵画教室からは、立石画伯と雪江と、ほかに四人を招待したいそうだが、それでもまだ、花嫁側の人数とは比較にならないほど少ないということであった。

「お仕事関係の方は、いらっしゃらないのですか？」

雪江は不審に思って訊いてみた。

「いるにはいますが、知れてまして」

池沢の職業が何なのか、雪江は知らなかったし、詮索《せんさく》するつもりもなかった。そういえば、教室の中で、そういう会話が交わされているのを聞いた記憶がない。

絵画教室はしばしばウイークデーに催されるのだが、池沢の出席率は悪くない。そういうところから推測すると、自由業なのだろうけれど――。

雪江はふたつ返事で出席することにした。日頃はあまり付き合いのない親戚で、どうかすると、親戚であることすら忘れかねない無音《ぶいん》同士が、その埋め合わせのために披露宴に参集するのよりは、ずっと意義があると思った。

控室には、立石画伯をはじめ、馴染みの顔が五人いた。ソフトピンクの飾りけのないワンピースを着た、若い小松美保子の顔もあった。美保子は立風会の生徒の中ではピカ一で、画廊に出せば絵も売れる、ほとんどセミプロと言ってもいい存在だ。しかも美人で、頭も気立てもいい。

(光彦も、ああいう娘さんと結婚してくれればいいのに――)

雪江がそう思ったのを察知したように、挨拶がすむなり、美保子は「あの、光彦さん、お元気ですか?」と訊いてきた。

「あ、そうそう、美保子さんはうちのドラ息子をご存知でしたわね」

雪江は思い出した。小松美保子と浅見光彦とは、山口県の岬の町――大網町《おおあみ》で起きた奇怪な事件を通じて知り合った。(『赤い雲伝説殺人事件』参照)

「じゃあ、あなた、あれっきり光彦とは、お会いになってないの?」

「ええ、一度も……」

美保子は寂しそうに微笑して、言った。

「まったく、あの子ったら……」

こんなに魅力的なお嬢さんがいるというのに――と、雪江は歯ぎしりが出るほど、焦《じ》れったくてならない。

控室は「池沢家」と相手方の「津田家」と部屋はべつになっているけれど、あいだの壁のドアが開放されていて、申し訳のような衝立《ついたて》が置かれているだけなので、その気になれば、先方の様子を窺《うかが》うこともできる。

津田家の関係者と較《くら》べると、池沢家関係は極端に人数が少ない。立風会の六人を除けば、あとは数人といったところらしい。

「歳《とし》が歳だし、二度目ですから」と、池沢は言っていた。そういうこともあって、池沢の腹づもりでは、式は内輪ですませ、ここでは披露宴だけ——というものであったらしい。しかし、先方は初婚だそうだし、親類縁者もひととおりは招いているのだろう。

池沢側の客のうち、立風会関係者以外は、雪江の見知らぬ顔ばかりだ。年齢もまちまちで、上は六十歳程度から、下は二十歳程度と思われる者までいる。

奇妙なことに、そっちの客は全員、男性であった。服装は一応、黒の礼服に白ネクタイだが、いかにも貸し衣裳然としている。おしなべて無口らしく、たまに隣の客と話すのも、ボソボソとした小声で、おまけにまったくの無表情だ。むろん笑うこともない。

数人の客の、いったい誰と誰が知り合いなのか、それともぜんぜん知らない同士なのかもはっきり分からないような連中だった。池沢も紹介しないが、こちらから進んで話しかけたいような相手ではなかった。

ところで、気がつくと、時刻はとっくに、指示された時間を過ぎたのだが、宴会場への誘導はなかなかされなかった。

「どうしたのかしらね？」

控室の中には、少し待ちくたびれたという気分が漂いはじめた。

隣の控室が、なんだか慌ただしい気配になった。隣は賑やかで、人数も四、五十人、子供も何人か来ている。親戚の世話焼きらしい男が、アタフタと出たり入ったりして、そのつど、親戚総代のような、白髪の長老の耳に何か囁《ささや》いている。

そのうちに「まだか」とか「しようがないな」という、沈痛な声が聞こえてくるようになった。もはや隠してもおけない――と判断したのだろう、世話焼き男がこっちの部屋に入ってきた。

「あのォ、まことに申し訳ないことでありますが、じつは、新婦のほうが遅刻しておりまして、いまだに参っておりません。時間が限られている関係で、これ以上待っているわけにも参りませんので、先に宴会場のほうにご案内させていただきます」

額から汗を噴き出しながら、そう言った。

宴会場ではテーブルの用意はすべて整い、ウエイターやウエイトレスや、その他の係の連中が、手持ち無沙汰な顔で、壁際の要所要所に佇《たたず》んでいた。

新婦が欠席のまま、とにかくパーティーのほうは進行するつもりだ。客たちが席に着くと、結婚行進曲のメロディーが流れ出した。

新郎の池沢がなんとも言いようのない、困惑した顔つきで入場してくるのを、型通りの拍手で迎えた。

仲人《なこうど》の挨拶と新郎新婦の紹介、乾杯——と、セレモニーは進むのだが、新婦のいない状態ではどうしてもチグハグで、さっぱりサマにならない。

「どうしたのだろう?」「何があったのだろう?」「事故かな?」と、さまざまな会話が交わされ、声のトーンが低いだけに、不気味な騒音のように聞こえる。

花嫁抜きの披露宴という、奇妙なパーティーだが、アルコールが入り、料理のコースが進むにつれて、けっこう、笑い声なんかも上がって、主催者側の不安や焦燥など、知らん顔——という賑わいになってきた。

「呆れたものですよ」

雪江は腹立たしくなって、美保子に言った。

「あちらのお身内は心配じゃないのかしらねえ」

心配でないはずがない。親戚の連中はそれなりに右往左往しているのだろうけれど、肝心の花嫁の居場所が分からない以上、どうにも手の打ちようがないらしい。

仲人は腐りきり、身内の者は恐縮の極に達している。それが分かってくるとともに、雪江は不満から同情へ、同情から心配へと、例によって、お節介焼きの性癖が頭を擡《もた》げてきた。

雪江は津田家の世話焼きらしき中年男を摑まえて、「どうなさったのでしょうか？」と訊いた。

「はあ、まことに申し訳ありません。私どもにも、何がどうなっているのか、さっぱり分からないのでして」

「お嫁さんは、結婚式にはいらしてたのですか？」

「いえ、それがですね、じつは式のほうにも間に合わなかったのです」

「はあ？　じゃあ、お式もまだ挙げていらっしゃらないのですか……」

雪江は呆れた。式もすんでいないのに、披露宴もないものではないか。

「まことに面目ないことですが、そのとおりなのです」

世話焼きは、雪江のことを池沢家関係を代表するうるさ型のばあさんと思ったらしく、低姿勢に徹している。

「でも、遅刻とおっしゃいますけど、ご家族はご一緒ではありませんの？　まさか花嫁さん、お一人で――というわけではございませんのでしょう？」

「はい、もちろん両親と兄夫婦、それに、私をはじめ、親戚の者が三人、一緒に船に乗りまして……」

「船……とおっしゃると、あの、どちらからいらしたのですか?」

「浅草です」

「浅草?……」

浅草から白金《しろかね》まで、どうやって船で来るのか、雪江は一瞬、あれこれと思い描いてしまった。

「あ、これはご説明しないで申し訳ありません。じつは、浅草の吾妻橋から浜松町の日の出桟橋まで、隅田川を水上バスに乗って参ったのです」

「ああ、そうでしたの……」

雪江は「隅田川」の名前を聞いて、かすかに眉を曇らせたが、相手に気づかれることはなかった。

「ところがですね、水上バスを降りたところ、花嫁の姿が見当たりませんで」

「じゃあ、つまりは、そこではぐれておしまいになったのですの?」

「はあ、まあそういうことになりますか……しかし、先に一人で行ってしまうとも思えませんし、遅れて降りてくるものと思って、みんな、桟橋と待合所で待っておりました。ところが、結局、いつまで経っても花嫁は降りてこなかったのです。そのうちに、水上バスはお客を乗せて行ってしまいました」

「…………」

雪江は啞然《あぜん》として、相手の顔を眺めているしかなかった。

「それで、もしや八芳園のほうに行っていないかとか、水上バスの中で何か……つまり、トイレに入っていて出ないうちに船のほうが出てしまったとか、いろいろ考えまして、それなりに手を打ったのです」

「手を打ったとおっしゃいますと？」

「ですから、電話で問い合わせたりですね。船関係には日の出桟橋の事務所の人に頼んで、船内呼び出しをしてもらうとかです。もちろんトイレの中で気を失っていることも考えまして、そういうところも調べてもらいました。しかし、結局、何も手掛かりは摑めなかったのです」

「そうでしたの……」

雪江は考えられる結論は一つだけだ——と思った。要するに、池沢英二は彼女にふられたということなのだろう。

世話焼き男も、じつはそう思っているらしい。雪江の表情を窺って、「どうも、嫁さんは逃げたのではないかと……」と小声で言った。

「そういう映画がありましたですね」とも言った。彼は『卒業』という映画のことを言っている。映画の中では、花嫁が結婚式の最中に、恋人の呼び掛けに応じて、手に手を取って逃げ出してしまうのだが、雪江はその映画のことを知らない。

正面の池沢を見ると、なんとも言いようのない虚《うつ》ろな表情で、テーブルの上の料理を見つめていた。タキシードの胸に挿した胡蝶蘭《こちょうらん》が、いかにも侘《わび》しげだった。晴れやかな正装をしているだけに、悄然《しょうぜん》とした姿がいっそう、痛々しい。

（かわいそうに――）

雪江はまた腹立たしさが込み上げてきた。

（それにしても、なんという性悪《しょうわる》の女なのだろう――）

もっとも、雪江は相手の花嫁がどういう女性なのか、まったく知らなかった。年齢がいくつなのかも――である。

ついに披露宴の時間内には、花嫁は現われず、行方すらも摑めなかった。いや、実際には摑めているのかもしれないが、雪江たち、池沢家関係の招待客の誰も、その真相を知らないままに終わった。

4

「へえー、花嫁が消えてしまったのですか」

浅見は雪江の「土産《みやげ》ばなし」に喜んだ。

「それは気の毒ですねえ……その点、僕は幸せだなあ、消えようにも、もともと花嫁がいないから」

「ばかなことをおっしゃい」

雪江は嘆かわしそうに叱った。

「そういう自慢にもならないことを言うひまがあったら、少しは自分のお嫁さんの心配でもしたらどうなの」

「はあ、心掛けてはいるのですが、どうも思うようにはいかないものです」

「それはあなたに甲斐性《かいしょう》がないからですよ。小松美保子さんなんか、いいお嬢さんだと思うのだけれどねえ……」

「ああ、彼女はいいですねえ」

「いいですねえって……呆れたわねえ、他人事《ひとごと》みたいに言ってないで、その気があるのなら、お付き合いを申し込むとか、努力をしてみたらどうなの。もっとも、光彦風情では、はなもひっかけてはいただけないでしょうけれどね」

「はあ、僕もそう思っています。そう思うと、近寄るのが恐ろしいのです」

「やれやれ……」

雪江は何をか言わんや——という顔で、黙ってしまった。

「その彼女ですが」と浅見は言った。彼のほうから母親に話しかけるなどというのは、およそ珍しい。

「おや、あの方に関心があるの?」

雪江は冷やかすように言った。内心、次男坊が「その気」になってくれそうなのが、嬉しい気持ちでもあった。

「ええ、彼女はどうしたのですかね?」

「どうしたって、そりゃ、お元気よ。最近はますます絵のほうに磨きがかかって、立石先生も一目も二目も置いていらっしゃるほどですよ」

「あ、いや、そうではなくてですね、逃げた花嫁のほうの話です」

「えっ?……なんですか、くだらない。心配しているわたくしがばかみたいじゃありませんか。知りませんよ、そんなこと」

雪江はサジを投げて、話はそれっきりになった。

だが、奇妙な花嫁の失踪《しっそう》は、面白半分に噂するような話ではなく、じつは深刻な事情があるらしいことが分かってきた。そのことを雪江が知ったのは、八芳園の二日後のことである。

その日、立石画伯の教室に出掛けた雪江の顔を見るなり、平林夫人が声をかけてきた。彼女も八芳園に招待されたクチである。

「浅見さんの奥様、あなた、お聞きになりました？　このあいだの花嫁さん、まだ現われないんですって」

「まあっ、ほんとうですの？　どういうことなのかしら？」

「それがね、先方のお身内の方たちにも、何が何やらさっぱり分からないのだそうですのよ」

「でも、あれじゃないのかしら、ほら、好きな方がいらして、駆け落ちみたいなことをなさったのでは」

「たぶんね、わたくしもそう思いましたわ。でもね、それならそれで、電話ぐらいはしてくるはずだって、先様はそうおっしゃっているのですって」

「それあなた、どなたからお聞きになりましたの？」

「あちらの親戚筋の方からですのよ。それでも、あちらのご両親は世間さまに顔向けができないというので、半分病気みたいなことになってらっしゃるとか……」

立石画伯が入ってきたので、話はそこまでになったが、どうやら事態は最悪の様相を呈しているらしいことは分かった。

その日、池沢英二は教室に現われなかった。本来なら新婚旅行に出掛けていたはずだから、来なくて当たり前なのかもしれないが、何だか池沢が永久に現われないような気がした。

池沢は絵の技倆《ぎりょう》もさることながら、彼のいかにも紳士然とした風貌《ふうぼう》が加わっているだけで、この教室の風格を高めていたことは否めない。中年女性の何人かは、半分くらいは、池沢が目当てで、教室に来ている——などという説もあるほどだ。

「妙な話ですねえ」

雪江の話を聞いて、浅見光彦はたちまち興味を惹《ひ》かれた。

「ということは、例の、水上バスの一件がどういうことだったのか、それも分かっていないのですか？」

「知りませんよ、そんなことは」

雪江は息子が余計な事件に関心を抱《いだ》きそうなので、警戒した。

「しかし、その真相――つまり、その時、花嫁はどうなったのか――が分かれば、花嫁の行方も分かるのじゃないのですかねえ」

「どうなったって……それは、ですから、水上バスの船内から消えてしまったということでしょう」

「まさか……」

浅見は苦笑した。

「手品じゃあるまいし、消えてしまうわけがありません。いや、手品なら手品で、どういう仕掛けがあったのか、それを解明すれば、謎は解けるはずです」

「ふーん……そうね、それはまあ、たしかにそのとおりだけれど……」

「そもそも、どうして水上バスなんかを利用したのか、それもおかしな話なのです。浅草から白金の八芳園まで行くのなら、都営地下鉄の浅草線に乗るほうが、はるかに早いはずです。いや、それよりも、ふつうなら、そういう場合はタクシーを利用するものじゃありませんか?」

「そうかしら? 何で行こうと、そんなことは、人それぞれの自由だと思うけど」

「そうですかねえ……」

浅見は首をひねった。もっとも、最初のうちは浅見にしても、それほど重大事に考えていたわけではない。野次馬根性で、面白そうだな——と思った程度だったのだ。

しかし、なぜ水上バスで——と考えはじめた時から、その興味の度合いはエスカレートするばかりだった。

浅草から八芳園へ行くのに、花嫁の一行はなぜ水上バスで行ったのか？——その理由を知らないうちは、なんだか尻の穴がムズムズするような気分になっていったのである。

「お母さんのところに来た、披露宴の招待状、まだありますか？」

「ええ、ありますよ。ありますけど、それが何か？」

「ちょっと見せてください」

「見て、どうしようというの？」

「いえ、べつにどうということでは……」

「また何か、探偵ごっこみたいなことを始めようというのじゃないでしょうね？」

「そんなつもりはありませんよ」

浅見はブルブルッと首を振った。

「まあいいけれど……」

雪江はニヤニヤ笑いながら、自室から招待状を持ってきた。

招待状の文面は、内輪で——と言っていた池沢の言葉を裏書きするように、いくぶん抑えた感じはあったが、それ以外は特別に、どこといって、変わったところのない、ごくありふれた書式であった。

謹啓　早春の候ますます御清祥のこととお慶《よろこ》び申し上げます
このたび岩崎直様ご夫妻のご媒酌にて

池沢英二
義隆次女　隆子

の婚約が整いまして結婚式を挙げることになりました
就きましては幾久しくご懇情を賜りますよう右ご披露旁々《かたがた》粗餐《そさん》を差し上げたく存じますのでご多用中のところ誠に恐縮ではございますが何卒《なにとぞ》ご光臨の栄を賜りたくご案内申し上げます
日時　四月五日（水曜）午後二時三十分
場所　八芳園　白鷺の間（港区白金台×××）
平成元年三月吉日

封書の裏の住所は次のとおりであった。

東京都北区中里三ノ×× 池沢英二

東京都台東区浅草一ノ×× 津田義隆

「池沢さんという人はご本人の名前ですね」

浅見は気がついて言った。

「そうねえ、たぶんご両親ともいらっしゃらないのじゃないかしら。もう五十歳を越えてらっしゃるから」

池沢の住所「北区中里」というのは、浅見家のある北区西ヶ原からほんの一キロちょっとのところである。浅見の母校・滝野川小学校のすぐ裏手、聖学院《せいがくいん》というミッションの系の学園のある、閑静な住宅街だ。

花嫁の津田家のある浅草一丁目といえば、たしか雷門《かみなりもん》のある辺りのはずだ。

浅見は地図を持ってきて、調べてみた。

「やはりそうですね、雷門や仲見世《なかみせ》のある街ですよ。津田隆子さんは、子供の頃から毎日のように水上バスを見て育ったのかもしれませんね」

だとすると、お嫁入りの当日、隅田川を水上バスで行く――という趣向も分かるような気がしないでもない。

「それにしても、水上バスに乗った時には、たしかにいたはずの花嫁が、いったい何があって、消えてしまったのかしらねえ？」

池沢に対して、ずいぶん失礼な話ではないか――と、雪江はやはり池沢の側に立って、腹立たしい気がしてならない。

「水上バスか……」

浅見は呟《つぶや》いてから、ふと思いついて、言った。

「話には聞いていますが、一度、乗ってみたいと思っているのです。お母さん、いかがですか？　行きませんか」

「いやですよ、わたくしは、ごめんこうむります」

「どうしてですか？　春の船遊びなんて、ちょっとオツじゃありませんか」

「それはね、昔はそうでしたけれど、いまの隅田川はだめだめ。臭くて真っ黒けの川を見たって、しようがありませんよ」

「それは認識不足というものです。隅田川はすっかりきれいになりましたよ。昔のドブ臭さなんか、ぜんぜんありません。飛鳥山だって、あんなきれいな公園になったじゃありませんか。世の中、どんどん変わっているのです。隅田公園の桜が満開だという情報が、昨日の新聞に出ていましたよ」

「ほんとかしら?……」

雪江は気持ちが動いた。半世紀近くも見ていない隅田川が、どんなふうに変貌《へんぼう》をとげたのか、興味もあった。

「そうね、光彦がそんなに言うのなら、行ってみましょうかね。でもね、それには一つ条件があるわよ」

「何でしょう?」

「小松美保子さんもお誘いしましょう、いいわね」

「はあ、それはまあ……」

浅見は曖昧《あいまい》に答えた。いいような悪いような、気持ちのほうも曖昧であった。

とにかく四月十日に、浜松町の日の出桟橋から、浅草の吾妻橋まで——津田家の人々が乗ったのと逆のコースを辿《たど》るということになった。

小松美保子とは浜松町の駅で落ち合った。浅見よりほんの少し遅れてきた美保子は、恥ずかしそうに、やや首を傾《かし》げるように、小走りに近づいた。

「こんにちは」と、まず雪江に挨拶してから、浅見に向けて「すっかりご無沙汰してしまいました」とお辞儀をした。

「こっちこそ」

しばらくぶりで会う美保子は、あまり化粧の濃くないことや、さり気ない服装などは、少しも変わらないけれど、内面的に成熟したせいか、いちだんと女っぽく、艶《あで》やかになったようで、浅見の目には眩《まぶ》しかった。

この日は生憎《あいにく》の天候であった。夜来の雨はまだ降りつづいていて、少し冷たい風も加わった。

浜松町から日の出桟橋までは、ふだんなら車に乗るほどの距離ではないが、この雨だから——と浅見が言うのに、雪江は「もったいない」と一蹴《いっしゅう》した。それで、斜めに降る雨の中を、傘を傾けるようにして、歩いて行く羽目になった。

水上バスが運航されるのかどうか、心配だったが、隅田川はさほどの波もなく、定時どおりの運航をしているということだ。

それにしても、日の出桟橋の待合所はひどかった。屋根があるだけの吹きっ晒《さら》しで、雨風がヒューヒューと吹き抜ける。冬はさぞかし寒かろうと思う。

「お客を遇する精神がなっておりません」

雪江は雨の中を歩いてきたくせに、プリプリ怒っていた。

「あの人たちは暖かでいいでしょうけれどね」

切符売り場のある、プレハブみたいな建物を指差して、言った。たしかに、その中の連中は、客が風雨に晒されようが、風邪を引こうが、頓着《とんちゃく》はないらしい。

切符売り場で『水上バスの小さな旅』という小冊子を売っていたので買ってみた。宣伝用のパンフレットを豪華にしたようなもので、四百円は少し高いような気がした。ところで、浅見はこの本を見て、はじめて水上バスが私営であることを知った。それまでは、東京都営だとばかり思っていたのである。

本には水上バスの謂《いわ》れ因縁が、絵や写真入りで分かりやすく書かれていた。それによると、水上バスの始まりは、明治十八年に、浅草〜両国間を結ぶ定期航路が開かれた時にさかのぼる。その料金が一銭だったところから、「一銭蒸気」と呼ばれたそうだ。

最初の頃は、動力のない船を機関船がロープで引っ張る曳《ひ》き船《ぶね》方式だった。なぜそうしたかというと、品川〜横浜に就航していた船が、機関が爆発して、多数の死傷者を出したという事件があったためである。

大正に入る頃は、焼き玉エンジンというのを使った、いわゆる「ポンポン蒸気」に変わり、曳き船方式は廃止された。ポンポン蒸気はスピードも早く、好評だったが、戦争の激化とともに船が徴用され、残った船も空襲で焼かれ、ついに航路そのものが消えた。

航路が「東京水上バス」という名称で復活したのは、昭和二十五年のことである。実用と観光に供されて、水上バスは爆発的な人気を呼んだ。

しかし、隅田川の汚濁《おだく》が進むとともに、水上バスを利用する客は減り、昭和四十年代は最悪の状態に落ち込んだ。

昭和五十年代に入ってから、オイルショックの影響などで、無茶苦茶な経済成長志向に歯止めがかかり、環境整備に関心が高まるにつれ、隅田川はきれいになった。水上バスから去ったお客が、ふたたび戻ってきた。

現在、水上バスは七隻の船を持ち、年間二百五十万から三百万人の客を運んでいる。

そうしてみると、水上バスの歴史は日本の歴史そのものと深く関わりあっているということのようだ。戦争はともかく、オイルショックまでが水上バスの盛衰の原因になっているのだから、世の中は複雑である。

何にしても、水上バスが運航されるほど、隅田川がきれいになったことはたしかだ。

「ほんとにきれいになったわねえ」

雪江は桟橋の上の手摺《てす》りから川面を覗《のぞ》き込んで、嬉しそうに言った。透明感はまだほとんどないけれど、少なくとも、あの不愉快だったドブの臭《にお》いは、嘘のように消えた。

「行政がその気になってやれば、何でもできるのですよ」

雪江は胸を張り、頷きながら言った。どんな場合でも、何か一言ないと気がすまないらしい。

「あら、あれじゃないかしら」

小松美保子が上流を指差した。セーヌ川を行き来するのと、そっくりの船が、静かに波を掻《か》き分けながら近づいてくる。橋桁《はしげた》の下を潜《くぐ》るために、奇妙な平たい構造をしている。そのユニークなスタイルが、かえって遊びごころをくすぐる。

壁と天井は透明なクリスタルガラスで覆ってあるので、広びろとした眺望が楽しめる。内装やシートも、昔の水上バスとは比較にならないほどきれいだ。

船が桟橋に着くと、吾妻橋から乗ってきた客がゾロゾロ降りてくる。客は桟橋に待機する職員に、乗船券の半券を渡していた。

「お降りの際、半券をいただきますので、失《な》くさないようにしてください」

これから乗る客に対しても、スピーカーは何度も注意を促していた。

「どうして半券がいるのかしら？　面倒くさいわねえ」

　雪江はまた、不満そうに首をひねった。

「乗った客は必ず降りるのでしょう。だったらその必要がないじゃありませんの」

「しかし、乗った客が降りたかどうかを確認する作業は、それなりに必要な理由があるのかもしれませんよ」

　浅見は言った。

「たとえば、事故が発生していないことを確認するためかもしれません。この船を見るかぎり、そういうことは起こりそうにないけど、お客が船から転落したりすれば、乗船した客の数と、降りた客の数とは合わないことになりますからね」

「あ、そういうことなの」

　雪江は納得したが、浅見は、そのことが、花嫁の「失踪事件」について、重大な意味を持つことに気付いた。

「だけど、もしそうだとすると、あの日、花嫁が船から降りなかったというのは、あり得ないことですよね」

　そうだ――と思いついて、浅見は雪江と美保子に「ちょっと待っていてください」と言って、待合室のほうへもどりかけた。

「待てって、もう船が出ちゃいますよ」

雪江が焦れったそうに呼び止めた。乗船の改札が始まっていた。

「そうですね……じゃあ、一便遅らせましょう」

浅見は強引に言うと、二人を放って足早に引返し、事務所のドアをノックした。

ドアが開いて、四十歳ぐらいの男が顔を出した。

「何か？」と訊いた口調は、あまり愛想がいいとは言えない。むしろ見知らぬ相手を警戒する気配が感じ取れた。

事務所にはわずか三人の職員が詰めているだけだ。その内の二人は女性で、おそらく交代で切符売り場に出るのだろう。

「じつは、四月五日に、吾妻橋から乗ってきたお客さんが、一人だけ降りてこないといって騒いだことがあったはずですが、ご存じありませんか？」

「ああ、あの時のね……知ってますよ。たしか、降りてこないのは花嫁さんでしたよね。なんだか大騒ぎしてましたなあ……というと、おたくさんも、その方の関係で見えたのですか？」

「ええ、じつは、彼女の結婚相手の知り合いなのです」

「あ、そうですか。しかしなんですな、お婿《むこ》さんは気の毒ですなあ」

「いえ、気の毒なのは彼だけじゃないのですよ。その花嫁さんはいまだに行方が摑めなくて、親御さんは悲嘆のどん底です」

「なるほど……それはそうすると、ほかに好きな相手がいて、手に手を取って駆け落ちをしたっていうことでしょうか」

考えることは誰も同じだ。

「はあ、たぶんそういうことだとは思うのですが、ただ、不思議なのは、花嫁はいったいどういう方法で消えたのか――ということです。身内の人たちは、吾妻橋を出る時には、たしかに船に乗ったと言っています。ところが降りる段になってみたら、消えてしまっていた……そういうことがあり得るのかどうか、お訊きしたいのですが」

「いや、その時もそういうようなことを訊かれましたけどね。そりゃ、あれでしょう、先に降りてしまったとか、そういうことじゃないのですかねえ」

「先に降りたのなら、誰かが姿を見ていると思います」

「それはまあ、そうかもしれませんが、現にいなくなったのだから、ほかに考えようがありませんよ」

「船内に残っていた可能性については、どうでしょうか？」

「それはなかったですよ。そのお客さんたちにもそう言われましたがね、水上バスは乗船客が全員下船したかどうか確認するために、乗船券の半券を回収しているのです。員数が足りなければ、何か事故があったか、あるいは不正乗船者がいるわけで、すぐに分かる仕組みです」

それは浅見が想像したとおりであった。

「ということは、二つの可能性が考えられますね。つまり、花嫁は最初から乗らなかったか、それとも、実際には降りているのだが、誰にも気づかれなかったか……たとえば、変装をしていたとか、です」

「はあ……」

職員はポカンとした顔で浅見を見た。

「なんだってまた、そんなことをしなきゃならなかったのですかなあ」

「そうですね、それが問題です」

浅見にもそれは分からない。第一、いくら変装したって、身内の人間が何人もいるのに、その目をかいくぐることなんかできるとは思えない。

しかし、いずれにしても花嫁が消えたことは事実なのだ。その方法はともかくとして、やはり、花嫁は逃げたのだろうか――。

逃げたとすると、その理由は？

浅見は大掛かりな手品を見るような思いを抱いて、二人の女性のいる場所に戻った。

5

次の便が到着した。前の船よりもいくぶん多い客が降りてきた。浅草で観音様にお参りしたらしい老人の団体が、「いやあ、長生きはするもんだ」などと、声高《こわだか》に喋りながら、賑やかに栈橋を通って行った。

少し間をあけて、員数の確認をしてから、乗船の改札が始まる。乗降口は広く、浮き栈橋とは常にフラットな高さで繋《つな》がるように設定されているので、老人・子供でも安心して乗り降りができる。

客の乗り降りのあいだに、職員が手押しの二輪車で荷物を運び込んでいる。飲み物や土産物のダンボール箱が多いところをみると、船内には売店もあるらしい。

あの手押し車に乗せれば、かなり大きな物でも運び出しは可能だな——と、浅見は思った。そういう目で見ると、手押し車の上に、死体の入ったダンボール箱が見えてくる。まったく因果な性格だと、われながらいやになるが、しかし手品の種であることには違いがない。

以前、ツムライリュージョンというので、象が一瞬のうちに消えるマジックが話題になった。象が消えるくらいだから、人間の一人ぐらい消えても、それほど驚くことはないのかもしれない。

一便遅らせたのはかえってよかったらしい、雨も風も収まる気配を見せて、視界が明るくなった。

水上バスの中は想像していたより、はるかに広い。ざっと眺めただけでも、一列十人が座れるシートが二十列以上はありそうだ。浅見たちがいるのは、見晴らしのいい二階だが、一階もほぼ同じような構造になっているそうだ。したがって、混雑時には一、二階合わせて、およそ四百人以上の客を乗せて走るということだ。

もっとも、この日はウイークデーでしかも雨が降っているせいか、浅見たちが乗った便はせいぜい五十人程度の客であった。母親譲りの心配性というわけではないけれど、これっぽっちのお客で運航するのは、それこそもったいない——と浅見は思ったのだが、船はちゃんと定刻どおりに、岸壁を離れた。

日の出桟橋から吾妻橋までの所要時間は、ほぼ四十分程度だが、船内には売店もあるし、弁当を広げることができる程度のテーブルも用意してある。

浅見はホットコーヒーを買ってきて、美保子と母親に手渡した。

「へえー、サービスがいいこと、いつもそうしてくれるといいのだけれど」

雪江は皮肉な目を息子に向けた。浅見は窓のそとに気を取られたふりを装った。

隅田川には小波《さざなみ》が立っていたが、平たい船は、体に感じるほどの揺れはなく、川筋の中央付近をのんびりと遡行《そこう》した。

まもなく、左側に浜離宮《はまりきゅう》の石垣と松林が見えてくる。雪江は「あらあら、浜離宮じゃありませんか」と、妙に上擦《うわず》った声を上げながら、息子の肩を叩いた。浅見は知らないが、母親には夫が生きている頃の浜離宮に何か特別な思い出があるのかもしれない。

浜離宮の隣は中央卸売市場（築地魚河岸《つきじうおがし》）である。浜離宮と魚河岸のあいだには、水門があり、別ルートの水上バスが浜離宮の岸壁に着く定期航路もあるそうだ。その掘割は築地川と呼ばれ、かつては「銀座九丁目は水の上」と歌に歌われたように、隅田川から新橋駅近くまで直角に入り込んでいた。現在はその手前の、首都高速道路汐留《しおどめ》ランプ付近で行き止まりである。

航路から眺める風景は、いつもの東京とは違う場所のような意外性に富んでいて、見飽きることはなかった。

魚河岸の向こうはすぐ、銀座界隈《かいわい》のビル群である。向こう側にいると、オッにすました街しか見えないが、逆側から見ると、東京という大都会の、まさに裏側が目《ま》のあたりにできる。魚河岸の開けっ広げの雑駁《ざっぱく》さは、さながら、美女が大口を開けてメシを食うありさまを想像させた。

魚河岸を過ぎると最初の橋・勝鬨橋《かちどきばし》をくぐる。「勝鬨」の名前の由来は、日露戦争の旅順陥落にちなんで、わが国海軍の発祥の地である隅田川の築地に「勝鬨の碑」を建設、それが橋の名に冠せられたものだ。中学生の頃、勝鬨橋がバンザイのように開閉する光景を見るために、わざわざやって来たことを、浅見は思い出した。考えてみると、積極的に隅田川の見物に訪れたのは、その時が最後だった。

昭和四十五年以後、勝鬨橋は開閉しなくなった。現在、この橋が可動橋であることを知らない都民が多いそうだ。

雪江も美保子も川の中から見る東京の中心街が珍しいらしく、忙しく左右に視線を転じて、時折「まあ」とか「へえーっ」とかいう歓声や嘆声を発している。物珍しいのは浅見も同様だが、歓声を上げるほど驚きはしない。女性の目で見ると、浅見が見ている以外の、小さな物まで見えたり、新鮮に映ったりするものかもしれない。

佃大橋《つくだおおはし》、永代橋《えいたいばし》、隅田川大橋、清洲橋《きよすばし》、新大橋《しんおおはし》、両国橋、蔵前橋《くらまえばし》、厩橋《うまやばし》、駒形橋《こまがたばし》、吾妻橋……と通過して、浅草水上バス発着所に接岸した。

所要時間の約四十分は長くも短くもない、頃合の距離といったところだろう。

下船の際、浅見は注意深く見ていたが、たしかに乗客は乗船券の半券を、桟橋に立つ二名の職員に渡して通過する。

二名とも、あまり愛嬌《あいきょう》のよくない男の職員で、手に持ったボール箱を差し出し、券を投入してもらっている。客が券を箱に落とす手元を、しっかりと見つめていた。

もっとも、いくら厳密でも例外はある。浅見たちの三人ばかり前で、親子連れの坊やが、半券を紛失したと言っていた。男は「はい、分かりました」と頷いて、何事もなく通した。そういう「事故」は時々あるのだろう。紛失したという申し出があれば、そのことは全員が下船したあとで、員数合わせをする際、計算に入れるから問題はないらしい。

「なるほど、これなら下船しない客がいれば、すぐに分かるわけですねえ」

浅見は雪江に囁いた。お客が全員下船するまで、新しい客を乗せない。したがって、一枚の切符で、何度も往復しようとしても、すぐにバレてしまうというわけだ。

船着き場を上がると、そこは隅田公園の西のはずれで、目の前に浅草松屋デパートが建っている。

「まあ懐かしいこと、松屋はちっとも変わらないわねえ」

雪江は眩しそうにデパートを見上げた。たしかに松屋は昔のままだ。彼女が言うほどだから、浅見ももちろんそう思った。

もっとも、実際には変わっているのかもしれない。天下のデパートが四十年間も変わらないでいるというのは、あまり褒《ほ》められたことではないのだから。

浅草には、観音様の浅草寺《せんそうじ》をはじめ、いくつかの象徴的なものがあった。この松屋デパートもそうだが、国際劇場、六区の劇場街、花屋敷……。

「でも、なんとなく寂しくなったかしら……」

変わらない――と言ったそばから、雪江は物足りない口調で言って、松屋の地下鉄入口を覗き込んだ。

たしかに、人通りが少ない印象だ。かつては客がわんさかと溢《あふ》れていたであろう地下鉄入口に、人の姿は疎《まば》らだった。しかも階段や壁、天井の傷みがひどく、まるで戦災に遭《あ》った当時そのまま――といってもいい荒廃ぶりだ。

地下鉄の駅構内といい、松屋の古い建物といい、浅草の第一印象は、時代から取り残され、繁栄から取り残されている――という想いが否めない。

交差点を渡り、雷門を潜って仲見世通りに入る。

この辺りはさすがに人通りが多かった。観音様へ行く道は、基本的には昔のような賑わいを見せていると言える。浅草名物雷おこしや人形焼きの店、土産物の店などが軒を接して並び、客が群れている。

賑わいは観音様の境内《けいだい》まで続き、境内に群れる鳩に餌《えさ》をやる風景も、いかにも浅草的であった。

だが、雷門から観音様の本堂を結ぶ直線を一歩外れると、気の抜けたような寂しさが漂っている。

それに、驚くべきことだが、終戦直後、浅草寺の外塀に沿って、ズラリと軒を列《つら》ねていたテント張りの露天商が、数こそ少なくなったとはいえ、いまも健在だった。古着や雑貨といった扱う商品も、昔とそれほど変わりばえしない。

いかにも貧しげで、見たところ、客はどの店にもいない。こういう店で品物を買う客が、この繁栄の時代にいるとは、とても信じられない。

露天商の前を通り過ぎると、雪江は「まあまあ……」と溜《た》め息《いき》をついた。

「なんだか、こういう風景を見ていると、苦しかったあの頃のことが、ありありと見えるような気がするわねえ」

気丈ばかりのような雪江が、妙にオズオズと、なるべく左右の風景を見ないようにして歩いていた。

観音様の境内を左へ出て、花屋敷の脇を通った。花屋敷というのは、ごく小規模な遊園地だ。ジェットコースターや、観覧車などの乗物が動き、子供や若い女性の嬌《きょう》声《せい》が聞こえてくる。

入口から少し入ったところに、何というのか知らないが、金網でできた箱型のブランコのようなものがあって、若い女性が乗っているのを、体の大きい若者がしきりに揺らしていた。人件費の高い昨今、こんな風景はほかでは見られない。

花屋敷脇を抜けて六区に出ると、浅草の衰亡《すいぼう》は一目瞭然《りょうぜん》であった。かつて無数の幟《のぼり》が立ち並び、広い通りいっぱいの雑踏があった浅草六区は、まるでゴーストタウンのごとくに寂れていた。

「まあまあ……」

雪江はまた、嘆きの声を発した。隅田川や浅草に対して雪江が無意識のうちに恐れていたのは、こういう風景に出会うことだったのかもしれない。

雪江は通りの真ん中に佇んで、しばらくのあいだ、空間を見つめてから、言った。

「昔ね、あなたのお父さまに連れられて、一度だけ、ここに来たことがあるのよ。エノケンやロッパが全盛の頃だったわね。水の江滝子が人気だった頃かしら。とにかくすごい人出で、この通りを歩くのに、お父さまを見失わないようにするのが精一杯でしたよ」

その通りに、浅見たち三人以外、人がいなかった。嘘のような風景だ。

「浅草はどうなってしまったのかしら……」

雪江は、自分の青春そのものが、遠い昔であることを思い知らされたように、がっくりと肩を落とした。

「その辺でお食事にしませんか」

浅見は雪江の気持ちを引き立てるように、わざと陽気に言った。雪江は「そうね」と言いながら、看板も何もない、廃屋のような劇場の脇を透かし見ている。その方角には国際劇場がある——いや、あるはずであった。

しかし、それは彼女の記憶の中のことであって、現実には、昭和五十七年四月に国際劇場は文字どおり幕を閉じ、撤去され、その跡地に二十数階建てのホテルが生まれた。

どうやら、雪江はそのことを知らないらしい。

「仲見世通りのほうに、よさそうな店がありましたよ」

浅見は雪江の関心を逸《そ》らすように言って、さっさと歩きはじめた。

仲見世通りの裏手に小さな料理屋があった。鰻《うなぎ》の蒲焼《かばやき》のいい匂いに釣られて、その店に入った。奥に小座敷がある。雪江はさすがに疲れた様子で、座蒲団《ざぶとん》に座るやいなや、「ほうっ……」と溜め息をついた。

「少しゆっくりして行きましょう」

浅見は提案した。雪江も「そうね」と、珍しく逆らわない。

「ええと、津田さんの家は、たしかこの近くじゃないかな」

浅見は地図を広げた。地図によると、仲見世通りの辺りが浅草一丁目である。

ちなみに、「浅草」は七丁目まであり、台東区の中ではもっとも広い区域だ。しかも西浅草、東浅草という町もある。とにかく「浅草」は広いのだ。

観音様の「浅草寺」は浅草二丁目にある。浅草一丁目の街は、観音様へ向かう仲見世通りを挟んで左右に町屋が展開しているが、表通りに面した家は一般の住宅は数少なく、ほとんどが何らかの店を営業しているといっていい。

消えた花嫁・津田隆子の家はそういう店の一つ、国際通りに面して、和装小物の製造販売をする店だと聞いた。

「ぼく、ちょっと訪ねてきます」

蒲焼定食を注文しておいて、浅見は母親と美保子を残して店を出た。定食ができ上がる頃までには戻るつもりだ。

「津田屋」はすぐに分かった。国際通りに面した、間口三間《けん》ばかりの小さな店だ。お客もちらほらながら入っていて、ちょっと見には、ああいう不幸な出来事があったようにも思えない。

浅見は店の脇にある細長い路地を入って、住居の玄関を見つけた。店先のイメージとは一変して、こっちのほうは、格子戸の嵌《はま》った、しもたや風のたたずまいだ。呼鈴《よびりん》もないので、「ごめんください」と声をかけておいてから、格子戸を引いてみた。戸の上についている車が回って、リンリンと鈴が鳴った。

「ごめんください」

浅見があらためて声をかけるのと同時くらいに、中から「花嫁」の母親らしい、初老の女が出てきた。

「じつは、池沢さんの友人ですが、たまたま観音様まで来ましたので、ちょっとご挨拶をと思いまして……」

浅見は早口で挨拶した。

「さようですか、先日は失礼いたしました」

先方は、どうやら、このあいだの披露宴に来た客の一人と勘違いしたらしい。

「汚いところですが、どうぞお上がりください」

「いえ、急ぎますので、ここで失礼させていただきます」

浅見は辞退して、訊きにくい質問をした。

「あの、それでですね、お嬢さんはその後、いかがですか？」

「はあ……」

母親は情けない顔になった。

「娘はあれっきり、まだ戻って参りませんのです、はい」

「まだですか……あの、ご連絡はあったのですか？」

「いいえ、それもぜんぜん……」

母親は頭《こうべ》を垂れた。

「それは、さぞご心配でしょうねえ、何ともお慰めのしようがありません」

浅見は心底、気の毒でならなかった。

「こんなことを伺うのは、たいへん不躾《ぶしつけ》だとは思うのですが、隆子さんには、池沢さん以外に、お付き合いのある方がいらしたというようなことはないのでしょうか？」

「ないと思いますが……でも、よく分かりません」

無理のないことだ。津田隆子は初婚だが、年齢は三十六だと聞いている。家業を嫌って、勤めに出ていたというから、母親が彼女のそういう部分まですべて知ることは難しかったにちがいない。

「どうなのでしょう、警察に届けたほうがいいのではありませんか？」

「警察……」

母親は顔色を変えた。内心では思っていても、いざ、そう言われてみると、拒絶反応が出るのは当然かもしれない。

「まだそこまでしなくても……」

かえって、不吉なことを言わないでもらいたい——という顔であった。それ以上は浅見にも言うべき言葉もなかった。

浅見が戻るのと、蒲焼定食が運ばれたのと、ピタリ一致した。

「ほんと、あなたは嗅覚《きゅうかく》だけはたしかなのねえ」

雪江が感心したように言い、美保子は苦しそうに笑った。

「それで、花嫁さんには会えたの？」

「いいえ、彼女はまだ連絡もないそうですよ」

「えっ？　だって、もう五日も経つのでしょう。帰ってこないのはともかく、連絡がないというのは、どういうことかしら？」

「僕もそのことを言って、警察に届けたほうがいいと言ったのですが、聞いてくれそうもありません」

「そうなの……どういうことかしらねえ」

「何か、警察を避けたい理由があるのじゃないかと思ったのですが」

「そうねえ、警察が嫌いな人って、いるらしいわね」

雪江にしてみれば、浅見家の誇り・刑事局長の陽一郎を思うと、警察嫌いが存在することは、まことに残念な現象ではある。

「それにしても」と浅見は蒲焼を頬張《ほおば》りながら、言った。雪江は眉をひそめたが、美保子の手前、「食べながらものを言うのは……」などとは言わなかった。

「池沢さんという人、僕はどういう人物か知りませんが、いったい、津田さんの娘さんと、どういうきっかけで知り合ったのですかねえ？　年齢も住んでいる場所もずいぶん違っているのに」

「それはあれでしょう、縁は異なものと言うではありませんか」

「そういうものですかねえ」

「そういうものよ。だいたいあなたは、折角のご縁があっても、気がつかないで素通りしてしまうような、唐変木《とうへんぼく》なんですから。ねえ、美保子さん、ほんとうに困った息子ですよ。なんとかしてやってくださいい」

「はあ……」

美保子は当惑して、真っ赤になった。

第二章　銀座ヨットハーバー

1

そのまま何も起こらなければ、浅見も「花嫁失踪《しっそう》事件」のことは忘れてしまっていたかもしれない。

雪江にしたって、他人様《ひとさま》の不幸をつつき回すのは趣味ではないし、池沢が何も言わない以上、こちらから詮索《せんさく》するようなはしたない真似はしない女だ。

池沢は問題の披露宴の日以後、しばらくは顔を見せなかったが、七日目にはもう、何事もなかったように、立石画伯の絵画教室に現われた。最初の日こそ、「先日はとんだ醜態《しゅうたい》で、ご迷惑を……」などと恐縮していたが、二回目からはその話題に二度と触れることはなく、ほかの連中も、その話題を引っ張り出すようなことはしなかった。

浅草見物から数日経《た》った日の夕方、自室で何の気なしに、テレビニュースを見ていた浅見は、最後に報じられたニュースに耳目《じもく》を驚かされた。

——きょうの午後、中央区築地五丁目脇の掘割で、不法建造物の解体作業をしていた作業員が、建物の下のヘドロに沈んでいる死体を発見して、警察に届け出ました。築地警察署と警視庁捜査一課が調べたところ、この死体は年齢が二十歳から四十歳程度の女性のもので、死後十日ほど経過しているものと考えられます。

死因その他はまだ分かっておりませんが、全裸であったことや、首に絞められたような形跡があることから、警察では他殺の疑いが強いとみて、築地署内に捜査本部を置き、捜査を開始しました。

なお、死体が発見された場所は、先日、この時間でもお伝えした、銀座ヨットハーバーの不法に建てられた建物の下で、そのため警察では、この事件と銀座ヨットハーバーとの関連がないかどうか、関係者の事情聴取を行なっているもようです。——

とっさに、浅見は津田隆子のことを思った。死体の推定年齢も、推定死後経過も、まさに津田隆子のそれと合致する。

（ことによると――）と、死体の状況をあれこれ想像している時に、いきなりドアがはげしくノックされたから、浅見は心臓が停まるかと思った。

ドアを開けると、雪江が血相を変えて立っていた。

「光彦、ちょっとちょっと、大変ですよ」

雪江未亡人みずからのお出ましだ。こんなことは珍しい。

「ああ、テレビのニュースをご覧になったのでしょう？」

浅見は落ち着き払って言った。

「そうですよ、じゃああなたも見ていたのね？　それでどう思うの？　その人、あれじゃないこと？　ほら、池沢さんの……何ておっしゃったかしら……」

もう相手の名前を度忘れしている。

「津田さんでしょう？　津田隆子さん」

「そうそう、その隆子さんじゃないのかしらねえ？」

「僕もそう思ったところです。歳格好《としかっこう》も行方不明になった日からいっても、その可能性が強いですね」

「もし津田さんだったら、どういうことになるのかしらねえ」

雪江は、日頃はまったく頼りなく思っている次男坊を、すがるような目で見た。

「警察の調べで、身元が分かるまではどうしようもありませんよ」

浅見は努めて冷静を装って言った。

「それはそうだけれど……」

雪江は大いに不満だ。

「光彦は直接関係がないからいいでしょうけどね、わたくしは池沢さんとお知り合いだし、とても他人事とは思えないのですよ。あなたも、もう少し親身になって考えて差し上げたらどうなの」

「そりゃあ、僕だってあの出来事には興味はありますよ」

「興味と親身とでは、天地の開きがあるでしょう。人さまの不幸を、面白半分でつつくのはお止《や》めなさい」

「はあ、すみません。それではこの事件のことは忘れることにします」

浅見は意地悪く、とぼけたことを言った。

「そういうことを言っているのではありませんよ」

思ったとおり、母親は焦《じ》れた。

「もっと親身になって、真面目に調べなさいと言っているのです」

「分かりました。それじゃ、兄さんに頼んで、捜査の進展状況を教えてもらうことにしましょう」

「だめだめ」

雪江は慌てて手を横に振った。

「陽一郎さんには内緒ですよ。これはあくまでも、池沢さんのために、わたくしの一存ですることなのですからね。あなたもそのつもりで、そっとおやりなさい、そっとね」

「はあ、そっと、ですか……」

浅見は浮かぬ顔になったが、兄に内緒で独自の捜査ができれば、それに越したことはない。

興味も関心もあったが、浅見はすぐには行動に移すことはせずに、じっと成り行きを見守った。

事件発生直後というのは、マスコミがドッと押し寄せて、捜査本部はてんやわんやなものだ。事件記者ならともかく、素人《しろうと》探偵が首を突っ込む余地など、ありはしないものなのである。

事件の続報は、その夜のテレビニュースと翌朝の新聞、夕刊——と次第に細かい部分まで伝えられた。

死因はやはり絞殺による窒息死。死体は死後経過が長いために、かなり腐乱が進んでおり、人相等の識別は困難らしい。年齢は一応、三十歳から四十歳と、かなり幅は狭まったが、それでも人物の特定には時間がかかりそうだ。

身長は一五五〜一六〇センチ程度、血液型はA型、指紋は採取不能、毛髪は黒、中肉で比較的筋肉質だったと考えられる。

警察は当初、死体発見現場の上にあった、「銀座ヨットハーバー」と事件との関連について、かなり興味をいだいたようだ。

解体された銀座ヨットハーバーの最後のオーナーであり、メンバーの会長を務めていたのは、安藤という人物である。警察はもちろん、安藤に対して入念な事情聴取をおこなっている。安藤は信用金庫勤務のまじめな紳士で、警察の調べに対し、「死体が出たと聞いたときは、腰が抜けそうでした」と語ったそうだ。

銀座ヨットハーバーの建物は、川の中に杭《くい》を打ち込んで、その上に芝居のカキワリのような、簡単な建造物を載せただけのもので、死体発見というハプニングで手間取った以外は、取り壊しもあっけなかった。

銀座ヨットハーバーの関係者が犯人なら、わざわざ、壊されることが分かりきっている建物の下に死体を捨てるはずがない。死体を全裸にしたというのは、身元確認をむずかしくする意図があってのことだから、それともまったく矛盾《むじゅん》することになる。

というわけで、警察はじきにヨットハーバーの関わりを追及するのを諦《あきら》めた。

新聞の一隅に、その程度の続報はあったが、それも二、三日だけで、やがて尻すぼみに消えていった。まったく、マスコミの関心はうつろいやすいものだ。

死体の身元については、どういうわけか、三日後の時点でも判明していない。警察は当然、家出人捜索願が出ているものについては、順次、該当するかどうか、照会しているはずである。それにも引っ掛かってこないというのは、要するに捜索願の出ていない人物——という可能性が強い。

津田家は隆子の失踪について、いまだに警察に届け出をしていないということも考えられなくはない。

それにしても、銀座のこの事件のことは、テレビでも新聞でも、かなりの量、報道されている。津田家でも知らないはずがないだろうに、警察に問い合わせることもしていないのだろうか？

それとも、身元確認の作業が難航しているのだろうか？

事件発生から四日目、ほとぼりが冷めた頃を見計らって、浅見はようやく行動を開始した。

まず、とにかく築地署へ行ってみた。案の定、報道陣の姿はチラホラ程度で、署内への出入りは比較的自由だ。

浅見はゆっくりした足取りで階段を上がり、受付を訪れた。受付には制服姿の婦人警官がいた。

「あの、築地川の事件の捜査本部はどちらでしょうか？」

なるべく素人っぽく、訊《き》いた。

「どういうご用件でしょう？」

婦警は探るような目で言った。

「はあ、じつは、死んでいた人の身元について、ちょっと心当たりがあるもので」

「お名前と住所を教えてください」

浅見は名刺を出した。肩書のない名刺を見て、婦警は一瞬、とまどった様子だ。

「ちょっと待ってください」

背後にいる警官に相談すると、警官はチラッと浅見を見て、どこかに電話をかけた。

まもなく、私服の刑事がやってきた。四十歳前後といったところだろうか。カーキ色のブルゾンを着た、いかにも一課の刑事——という感じの男だ。

婦警が「こちらの方です」と浅見を指差すと、「あ、そう」と頷《うなず》いて近づいてきた。

「ええと、被害者の身元を知っているとかいうことですが？」

刑事は、婦警からもらった名刺を見ながら、ぶっきらぼうに言った。顔つきも言葉遣いも、情報提供者に対して、あまり礼儀正しい態度とは言えない。

「そうです。しかし、すでに身元が割れているのなら、間違いですが」

浅見もつられて、あまり熱意のなさそうな言い方になった。

「いや、まだですよ。まあとにかく、話を聞きましょうかね。どうぞ、こっちへ来てくれませんか」

背中を見せて、さっさと歩いて行く。浅見もその後ろに従った。階段を上がり、二階の廊下を少し行ったところのドアに、「築地川殺人事件捜査本部」の張紙がしてあった。

刑事はそのドアの方向に向かって行く。その時、ドアが開き、中から男が現われた。男は背後の室内に軽く会釈《えしゃく》して、憂鬱《ゆううつ》そうに顔を俯《うつむ》けながら、こっちへ歩いてくる。

その男の顔を見て、浅見は小さく、「あっ」と叫んだ。

飛鳥山《あすかやま》で酔漢をやっつけた、あの武勇伝の主であった。

しかし、先方は浅見に気付かずに、そのまま擦《す》れ違って、行ってしまった。浅見のほうも、一瞬、何となく声をかけそびれた。男があまりにも深刻そうな顔をしているので、立ち止まって、逡巡《しゅんじゅん》しているうちに、階段を降りて行ってしまった。

「刑事さん」と浅見は前を行く刑事を呼びとめた。

「いま行った男の人は、誰ですか？」

「ん？　さあなあ、誰か知りませんねえ」

刑事は男の去った方角を見たが、あっさり首を振った。相手の顔を見ていなかったのかもしれないが、いずれにしても署の人間ではなさそうだ。

捜査本部のドアを通り越して、隣の小部屋に入った。スチールデスクが二脚、真ん中にあって、椅子が七脚か八脚、デスクの周囲にある。事情聴取や、刑事たちの打ち合わせにでも使っているのだろう。

浅見は勧められるまま、椅子《いす》に座った。殺風景な部屋で、なんだか、被疑者にでもなったような、あまりいい気分はしなかった。

刑事は隣の捜査本部の部屋から、部下らしい若い刑事を連れてきた。若いほうは脇のデスクにノートを広げて、浅見の供述を筆記するポーズになった。

「自分は築地警察署刑事課部長刑事の前川、こちらは丸山刑事です」

前川刑事はそう名乗った。

「それじゃ、あらためて、住所氏名の確認をさせてもらいますよ」

型通りの手続きをすませると、煙草を出して銜《くわ》え、浅見にも「どうぞ」と勧めた。

「いえ、僕は禁煙しつつありますから」

浅見は断った。

「そう、それは立派ですなあ。自分など、なんとか止めたくっても、まったくだめ、意志薄弱なものです」

前川部長刑事は、見掛けほど悪い人間ではなさそうだ。

「で、被害者の身元について、心当たりがあるとかいうのは、ほんとうですか？」

「ええ、間違いであることを祈りますが、いろいろ共通点がありそうなので、一応、届け出ておこうと思ったものですから」

浅見はそう前置きをしておいて、津田隆子のことを話した。前川は「ふんふん」と相槌《あいづち》を打ちながら聞いていた。結婚式の当日、水上バスの上から消えていなくなった――という話には興味を惹《ひ》かれた様子だ。

「へえー、それはまた、面白い消え方ですなあ……あ、いや、面白いというのは語弊《ごへい》がありますがね」

とにかく確認してみようということになって、丸山刑事が隣室に行き、所轄の浅草警察署に捜索願が出ていないかどうか、問い合わせた。

捜索願は出ていなかったらしい。

「おかしな話ですなあ、娘が行方不明になっているというのに、なんでまた捜索願を出さないのですかなあ」

丸山の報告を聞いて、前川はしきりに首をひねった。その様子から、前川が津田家の連中に、疑惑を抱《いだ》いたことが推測された。

「いや、どうもありがとう。あとは警察で調べますので、どうぞお引き取りになって結構ですよ。何か分かったら、こちらの住所のほうに報告します」

前川は、にわかに忙《せわ》しない口調になって、言った。客を追い払っておいて、すぐに浅草へ向かうつもりにちがいない。

浅見の思ったとおりに事は運んでいるとはいえ、津田家の人々にはちょっと気の毒な気もしないではない。

とはいっても、津田家から捜索願が出されていないとあっては、そういう荒療治もまたやむを得ないことだ。

だが、浅見の期待（？）は裏切られた。その後のニュースには、いくら待っても、被害者の身元が割れたという話は出てこなかったのである。

しびれを切らせて、浅見は築地署の前川に電話をかけてみた。

「いや、せっかくでしたがね、津田さんの娘さんではありませんでしたよ」

前川部長刑事は、面倒くさそうに言った。おそらく、そういう情報提供者はほかにも大勢いて、そのうちの一つとして片づけられたのだろう。

「津田さんの娘さんは、盲腸の手術をしているのですがね、被害者にはそういう痕跡はなかったのです」

決定的な特徴であった。

そしてその翌日、「築地川殺人事件」の被害者の身元は判明した。その日の夕刻のテレビニュースは次のように報じている。

――今月十五日に築地川で女の人の死体が発見された事件の、被害者の身元が、きょうになって判明しました。東京・築地署の捜査本部が発表したところによりますと、被害者の女性は、秋田県出身で台東区浅草のアパートに住む会社員、佐々木辰子《ささきたつこ》さん三十五歳で、佐々木さんは今月五日の夕刻、ふだんどおりに勤め先を退社したのを最後に、消息を絶っていたものです。

会社側の話によると、佐々木さんは同社に勤めるようになってから五年目、真面目な性格で、これまで遅刻や無断欠勤をしたことがなく、心配していたところ、築地川事件のことを知って、もしやと思い、届け出たということです。

2

好奇心というのは、人間の知的行動の中でも、もっとも重要な部分ではないだろうか。少なくとも、浅見光彦の場合、好奇心が彼の性格を決定づける、最大の特徴であると言ってもよさそうだ。

築地川殺人事件の被害者が、秋田県出身の一女性であったということなど、考えようによってはどうというほどのものではない。

しかし、彼女は、津田隆子と同じ浅草の住民であった。そして、隆子が消えた水上バスが運航する隅田川と「水つづき」の、銀座の掘割で死んでいたのである。

その二つの、共通点とも言えないような共通点が、浅見の好奇心をひどく揺すぶった。

浅見は例によって、警察の初動捜査や、マスコミのばか騒ぎが鎮まった頃合を見計らって、築地署に出掛けた。受付の婦警は浅見の顔を憶《おぼ》えていて、すぐに前川部長刑事を呼んでくれた。

「ああ、このあいだの……」

前川は浅見を見ると、一瞬、正直に煩《うるさ》そうな顔を見せたが、それでも、「きょうはまた、何です？」と訊いた。良心的な情報提供者である市民を、そうムゲに追い返すわけにもいかない。

「テレビで知ったのですが、被害者の女性の身元が分かったそうですね」

浅見はあくまでも素人っぽく言った。

「その女性のことを、詳しく知りたいのですが、教えていただけませんか？」

「はあ、どうしてですか？　目的は何なのですか？」

前川は矢継早《やつぎばや》に訊いた。

「ひょっとすると、このあいだ言った、津田隆子さんの知り合いではないかという気がするのです」

「ふーん……」

前川は少し気持ちが動いた様子だ。浅見に言われるまで、そこには気付かなかったらしい。

「まあ、そりゃ、マスコミにも発表したことだから、べつに教えて具合が悪いわけじゃありませんがね」

面倒くさそうに言いながら、マスコミ用の資料コピーを持ってきてくれた。

「目下のところ、分かっているのはこれだけです。じゃあ、忙しいので」

資料を渡すと、さっさと帰れと言わんばかりに、奥へ引っ込んだ。

たしかに、前川が言ったとおり、資料にはあまり目新しい事実はなかった。本籍、現住所、経歴、勤務先などが書いてあるだけといっていい。

資料によると、被害者・佐々木辰子は、秋田県本荘《ほんじょう》市出身で、地元の高校を卒業したあと、東京の会社に就職、以後ずっと東京で生活をしていたらしい。

最初の就職先は日本橋の繊維問屋で、そこで知り合った男性と結婚したが、二年足らずで離婚、その後、いくつかの職業を経て、五年前に現在の、株式会社F物産に入社している。

その間、住所地は三度ほど変わっていると書いてあるが、その理由や場所については、とくに記載されていない。

事件当時、佐々木辰子が住んでいた浅草三丁目というのは、津田家のある浅草一丁目とは、観音様の浅草寺を挟んだ地域である。ほとんどが中小の商店や飲食店、住宅によって占められるけれど、三丁目の中心部・柳通り界隈《かいわい》はいわゆる三業地で、かつては花街《はなまち》だったところだ。

佐々木辰子はその三丁目の一角にあるアパートに四年前から住んでいた。もちろん一人暮らしで、訪れる客もなかったようだ。

浅見は築地署を出た足で、浅草へ行ってみた。

地下鉄を降りて、浅草寺を左に見る大通りを真《ま》っ直《す》ぐ行くと、言問《こととい》通りというのにぶつかる。交差点を右へ行けば言問橋――いわずと知れた、かの「名にし負はばいざ言問はむ都鳥わが思ふ人はありやなしやと」という在原業平《ありわらのなりひら》の歌で有名である。

その交差点を渡った左手一帯が浅草三丁目で、交差点からほんのわずかな裏通りに面して、そのアパートはあった。

アパートはモルタル二階建ての、ごくありふれたもので、一階のとっつきに管理人が住んでいた。

「佐々木さんねえ、ほんとにお気の毒ですよねえ」

管理人夫人は五十歳前後のよく太ったおばさんだった。佐々木辰子とは親しくしていたと言い、話しながら目を潤《うる》ませた。

「何があったのか知りませんがね、あんないい人が殺されちまうなんて……」

「殺されるような目に遭う理由は、何も思い当たることがありませんか？」

「ありませんとも、何も悪いことはしていないし、真面目に仕事をして、近所づきあいもいいし。それでも殺されるっていうなら、日本中の女がみんな殺されちゃいますよ」

おばさんはユニークなことを言う。

「一度結婚して別れているのですが、男の人と付き合っていたとか、そういう様子はなかったのですか?」

「ああ、それはねえ、警察も訊いて行ったけど、そこまでは分かりませんよねえ。ただ、このアパートには男の人が見えたということはなかったですよ」

その点については太鼓判《たいこばん》を押した。

「勤め先もこの近くでしたね」

「ええ、そうですよ、すぐこの先です」

おばさんは「F物産」の場所を教えてくれた。

F物産は想像していたのより、ずっと小さく、七階建ての細長いビルの一、二階を借りている商事会社であった。

受付というほどのものもなく、一階のドアを入ると、すぐ事務所になっていて、若い女子社員が席を立ってきた。

「佐々木辰子さんのことで、ちょっとお訊きしたいことがあるのですが」

浅見が言うと、またか——という表情になった。それでも、マスコミを敵に回すのはまずいとでも言われているのか、事務所の隅に仕切りをしたような、応接室に案内した。

やがて中年の男が現われた。「庶務課長の園部です」と名乗り、名刺をくれた。

「それで、どういうことを？」

もはや慣れっこになっている——と言いたそうな態度であった。

「佐々木辰子さんの事件ですが、会社としては、何も思い当たることはないのですね？」

「はあ、もちろん、まったくありません。マスコミさんに発表したとおりです。佐々木さんも気の毒ではありますが、正直申し上げて、こういう取材攻勢に遭《あ》って、はなはだ迷惑しておるのです」

園部課長は愚痴ともいやみとも取れることを言った。

「佐々木さんは、どういう仕事をしていらっしゃったのですか？」

「まあ、いろいろですね、当社は主に自動販売機等の商品の配送や充塡《じゅうてん》、それとマネキンの派遣など、大小の小売店さんなどを相手に商売をしておるのです、仕事内容も種々雑多といっていいでしょうか。デパートさんの派遣店員もやってもらうこともありますし、スーパーの店頭宣伝販売もやります」

「なるほど……それで、そういう出先で、佐々木さんに何かトラブルがあったとか、そういうことはありませんか？」

「ありませんね。佐々木さんは人柄もいいし、何でも気軽に引き受けてよく働くし、どこへ行っても重宝《ちょうほう》がられていたみたいですよ。まったくの話、うちでもね、あんないい人材を失って、痛いですよ」

園部課長は、どうやら愚痴っぽい体質のようだ。

「佐々木さんは、会社を出たきり、失踪したというふうに聞きましたが」

「そのようですねえ。いや、もちろん、われわれとしては、佐々木さんがその後、誰にも目撃されていないなどということは、まったく知らないわけでして……しかし、道を歩いているところとか、そういうのは誰かが目撃しているはずですがねえ」

「そうかもしれませんね、会社を出たとたんに消えてしまったのでなければ、そういうことになりますよね」

浅見もそれは認めた。F物産のビルを出たところは、車の交通量も人の往来も多い。そんな場所で、いきなり消えてしまえば、それこそ手品同然である。

目撃者は、しかしなかなか現われないだろうな——と浅見は思った。よほどの美人であるとかいうのなら別だが、ごくふつうの女性が歩いているのを、記憶にとどめている人間なんて、そういるものではない。

「どうも、お忙しいところをお邪魔いたしました」

挨拶をして、帰りかけて、浅見はふと思いついて、訊いた。

「そうそう、秋田の実家からは、誰かがみえているのですか？」

「ああ、昨日まで東京にいましたが、けさがた、遺骨を抱いて帰郷したようです」

「そうですか……どんな様子でしたか？」

「そりゃあなた、たいへんな悲しみようでしたよ。佐々木辰子さんは、両親を東京に招待して、水上バスに乗せたいと言っていましたからね」

「水上バス？……」

浅見は耳を欹《そばだ》てた。

「佐々木さんは、ご両親を水上バスに乗せたいと言っていたのですか？」

「ああ、そう言っていたそうです。社員の中にも、それを聞いていた者がおりますよ。まあ、自分の働いている場所を見せたいという気持ちもあったのでしょうがね」

「は？　働いている……とは、どういう意味ですか？」

「水上バスの売店に、時々、手伝いに行くことがあったのですよ。あそこで売っている物は、うちの扱いで納品したものが多いですからね、時々、販売の手伝いに派遣することがあるのです」

「そうなのですか……」

浅見は何か、得体の知れないものを感じて、緊張した。

「あの、つかぬことを伺いますが」と言いながら、ゴクリと生唾を飲み込んだ。

「佐々木さんは四月五日に、水上バスの売店に派遣されませんでしたか？」

「はあ？……」

課長は妙な顔をした。

「いえ、じつはですね、僕はその日に水上バスに乗っていて、売店でジュースを買ったものですから、あの時の女性がそうだったのかなと思いまして」

じつは、浅見たちが水上バスに乗ったのは四月十日である。四月五日は津田隆子が消えた日であり、佐々木辰子が殺されたと思われる日だ。

「どうでしたかねえ……」

課長は面倒臭そうに日誌を調べた。

「ああ、そうですね、佐々木さんはたしかに、この日に乗ってますよ」

「そうですか、やっぱりあの時の店員さんは、佐々木さんだったのですか」

浅見は嬉しそうに言った。

しかし、浅見の想像どおり、その日の水上バスに、津田隆子と佐々木辰子が乗っていたとして、それにどういう意味があるのかは、何も分かっていない。

F物産を出て、津田家に向かった。津田屋の店先はこの前の時と変わりはない。客の数は疎《まば》らだが、かといって、閑古鳥《かんこどり》が鳴《な》いているわけでもなかった。

店の脇の路地を入り、リンリンと鈴を鳴らして格子戸を開けた。

この前と同じようなタイミングで母親が出てきた。そういう習慣が何十年も続いているにちがいない。

「先日は……」と浅見が挨拶すると、母親は眉《まゆ》をひそめた。

「あの、何か？」

露骨に迷惑がっている顔である。

「あのォ、お嬢さんはまだお戻りではありませんか？」

「ええ、まだです……でも、それは当家の中のことですので、そちらさまにご心配いただかなくても結構です」

母親の口調にはトゲがある。浅見は恐縮したポーズを作ったが、しかし引っ込むつもりはなかった。

「じつは、先日、築地川で女の人の死体が発見されましたが」

不愉快を承知で、強引にその話題を持ち出した。

「ああ、そのこと……」

母親は頷くとともに、顔をしかめた。

「それじゃ、あれですか？　警察に言いつけたのは、あなたですの？」

「は？　何のことでしょうか？」

浅見はとぼけた。母親は半信半疑で、「違うのですか？」と追及を諦めた。

「その事件の被害者は、佐々木辰子さんといって、すぐそこのＦ物産という会社に勤めていた人なのです。浅草三丁目ですので、もしかしたらご存じだと思いますが」

「ええ、それはまあ、そこにそういう会社があることぐらいは知っていますけど」

「こちらのお店とは直接、関係はありませんか？」

「ええ、うちはこういう商売ですからねえ、あちらさまとは、お取り引きはございませんですよ」

「お嬢さんはどうだったでしょうか、隆子さんは佐々木さんと知り合いだったとか、そういうことはありませんか？」

「やめてくださいよ！」

母親はきつい声を出した。

「そんな、気持ちの悪いことを言わないでください。もうお帰りになって……」

言うことをきかないと、警察でも呼びそうな剣幕だ。浅見はほうほうの態《てい》で津田家を出た。

3

築地川殺人事件に対する警察の捜査は、あまり進展した様子は窺《うかが》えなかった。

常識的に考えて、銀座ヨットハーバーの関係者が、もっとも疑わしいはずだ。警察はこの方面に捜査の主眼を置いていると思われるのだが、警察の発表はもちろんないし、マスコミも目新しい記事を書いていない。

もっとも、ヨットハーバーの関係者が犯人であるなら、強制収用が決まっている建物の下に、死体を隠すわけもなさそうだ。

とはいっても、ぜんぜん関係がないというふうにも考えられない。たとえば、銀座ヨットハーバーに恨みを抱く者の犯行であるといったこともあり得るわけだ。

警察の捜査が進捗《しんちょく》しないのを横目に見ながら、浅見のほうも、しばらくは事件から遠ざかっていた。目下、消化しなければならない仕事が溜《た》まっていた。浅見のようなフリーライターは、雑誌社の意向に忠実に原稿を仕上げることが、生存競争にうち勝つ第一条件なのである。

四月が終わり、浅見にはまったく無関係なゴールデンウイークが通り過ぎると、天候は梅雨《つゆ》のはしりのように、曇りがちの日が多くなった。暖冬といい、桜が平年より十日近く早く咲いたことといい、自然界は変調をきたしているらしい。

雪江未亡人が、例の池沢英二を連れてきたのは、そういう憂鬱な日の午後であった。

「光彦、池沢さんがね、あなたに相談に乗ってもらいたいとおっしゃるのよ」

部屋を訪れて、雪江はそう言った。

「ちょっと応接間のほうにいらっしゃい」

雪江に頼みごとをされるなどというのは、ごく珍しいことだし、きわめて気味の悪いことでもあった。

浅見は恐る恐る、応接間に顔を出した。

「あっ……」

客の池沢の顔を見て、浅見は声を発し、池沢もまた驚いた。

「あ、あなたは……」

「あの時の……」

双方が顔を見合わせて、しばらく絶句していた。

「あら、池沢さん、息子をご存じですの？」

雪江もびっくりした。

「ええ、飛鳥山でお会いしたことがあるのです」

「あれはたしか四月四……」

例の「結婚式」の前日だけに、記憶しやすいが、さすがに池沢は語尾を濁し、

「その節はどうも……」と苦笑して、頭を下げた。

「こちらこそ、あの時はほんとうにありがとうございました」

浅見もお辞儀をして、「あなたとは、もう一度お会いしているのですが、お気付きじゃなかったみたいですね？」

「は？　もう一度とおっしゃると、どちらでですか？」

「半月ばかり前、築地警察署の捜査本部から出ていらっしゃったでしょう」

「ええ、そのとおりですが……そうすると、その時に？」

「ええ、僕もたまたまあの時、築地署に行っていたのです」

「そうだったのですか。それはまた奇遇ですねえ」

「いえ、奇遇ではなくて、同じ目的だったのじゃないかと思いますよ」

「同じ目的とおっしゃると？」

「池沢さんは、津田隆子さんのことでいらしたのじゃないのですか？」

「津田隆子さん？……いえ、私は違います」

「あ、そうなのですか……」

浅見はアテがはずれた。

「あの、彼女のことで、とおっしゃると、どういう？」

逆に池沢が訊いた。

「それは、じつは……」

浅見は言い淀《よど》んだ。築地川殺人事件の被害者が津田隆子ではないかと思った――などとは、言いにくい。

「何だか知りませんけど、知り合い同士だったというのなら、話は早いわねえ」

べつに意図したわけではないだろうけれど、雪江が横から口を挟んで、浅見の窮地《きゅうち》を救った。

「それじゃ、いまさらご紹介もいらないわね。池沢さん、息子に頼みたいことというのを、お話しになりませんか？」

「はあ、そうですね」

池沢はちょっと話の筋道を考えるように、視線を空間に向けた。

「じつは、銀座ヨットハーバーというのをご存じだと思いますが」

「ええ、もちろん知っています」

浅見は驚いた。向こうから事件のことを言い出されるとは、考えてもいなかった。

「つまり、例の築地川殺人事件の死体が見つかった、あれでしょう？」

「そうです。じつはですね、その銀座ヨットハーバーというのは、そもそもは私が始めたものでして」

「えっ？　じゃあ池沢さんがオーナーなのですか？」

「いいえ、現在は違います。私は発足当時のオーナーというか、世話役みたいな立場だった人間なのです。まあ、ヨットやクルーザーのファンの集いの幹事役——とでも言ったほうが、分かりやすいかもしれません」

池沢の話によると、問題の銀座ヨットハーバーがあった場所は、もともとは水上バスの発着場だったところなのだそうだ。

あの場所に水上バスの発着場が作られたのは、一九六〇年頃のことである。しかし、隅田川系の汚染がすすみ、築地川もヘドロに埋まって、吃水線《きっすいせん》の深い船の発着が困難になった。そこで、水上バスの発着場は、隅田川の本流に近い浜離宮の岸壁に移動して、その跡の空間がヨットやモーターボートの係留《けいりゅう》に使用されるようになった。それが、銀座ヨットハーバーの始まりだというのである。

はっきり「銀座ヨットハーバー」という名称で呼ぶようになり、会員制度やレストランができたのは一九八二年頃だ。

ところが、元来、その場所は使用許可も得ていないのに、営業権だけが勝手にひとり歩きしてしまったようなものだから、当然、問題が発生した。

東京都は河川の占用許可を認めず、再三、施設の撤去を要求した。

しかし、銀座ヨットハーバー側はすでにオーナーが三度代わり、会員権の売買が行なわれていた。最終的に会員権の額は二百万円で取り引きされていたのである。

「私はそういうことになる前に、すでに銀座ヨットハーバーを脱退しておりましたが、警察は創設当時のメンバーの一人として、私に事情聴取を行なったということなのです」

「なるほど……しかし、それだけのことなら、現在は池沢さんは直接の関係がないわけだし、何も問題はないのじゃありませんか?」

「ええ、実際はそのとおりで、何ら利害関係もありません。しかし、警察としては、創設メンバーが脱退していることを、むしろ重視するのですね。たとえば、現在のオーナーに対するいやがらせとか、そういうのも、犯行の動機になり得るというわけでしょう」

「なるほど」

「しかも、それだけならよかったのですが、さらにもう一つ、思いがけない事実が浮かび上がったことから、警察は私をマークすることになったのです」

池沢は顔をしかめて言った。

「はあ……」

「これはまったく驚くべきことなのですが、殺されていた女性の口の中——警察の話によれば、ほとんど喉《のど》の奥深くで、飲み込まれたと言ってもいいような位置だそうですが、そこに、銀座ヨットハーバーの会員章が入っていたと言うのです」

「会員証と言いますと、運転免許証みたいなものですか?」

「いいえ、そうではなく、つまりバッジのようなものですね。銀座ヨットハーバーの会員には創設以来、会員章を渡しています。そして、会員章には裏面に会員番号が刻印されているのですが、被害者の口の中にあった会員章の番号が、なんと、ナンバー

『1』——つまり、創設当時、幹事役を務めていた私のものだったのですね」

「ほう……」

浅見は俄然《がぜん》、興味を惹かれて、思わず身を乗り出した。雪江はそういう息子の軽薄さを、苦々しそうにジロリと見た。

「もちろん、私はどうしてそのバッジが彼女の口の中にあったか、知るはずもありませんが、警察はなかなか執拗《しつよう》でしてね、私と被害者との関連を追及するのです」

「たしかその時点では、被害者の身元はまだ分かっていなかったのではありませんか？」

「ええ、浅見さんが築地署で私を見た日には、まだだったと思います。ところがですね、驚いたことに、被害者の女性——佐々木辰子という人ですが、その女性は私の妻の縁続きにあたる家の者で、妻の最期《さいご》を看取《みと》った人間だったのです」

「えーっ……」

浅見はもちろん、雪江までが、はしたない悲鳴のような声を上げた。池沢を襲った、災難の根の深さを認めないわけにはいかなかった。

「それで」と浅見はようやく気を取り直して訊いた。

「そうすると、その女性が池沢さんのバッジを持っていた可能性は、充分、あり得るわけですねえ」

「はあ、たしかに言われるとおりです」

池沢は沈痛な顔を俯《うつむ》けた。

「妻が死んだ際、私は何もかもがいやになってしまいましてね。いま思えば、まるで生きた屍《しかばね》のような時期が一カ月あまりありました。勤めていた建築会社も辞めるし、銀座ヨットハーバーなんかも放りっぱなしでした。要するに、仕事も遊びも、一切のものと縁を切ってしまいたかったのです。ヨット関係の道具や衣服はみんな捨てたし、最後には家も売り払ったほどですからね、バッジがどうなったかなんていうのは、ぜんぜん記憶にありません。まして、そのバッジがなぜ佐々木さんの口の中にあったのかなどというのは、さっぱり思い当たることがないのです。そう説明しても警察は私の話をなかなか信じてくれませんでね、下手《へた》をすると、犯人扱いにされそうな感じでして、いや、本気でそう思っているのかもしれないのですよ」

「そうかもしれませんね」

浅見も頷いた。

「殺された被害者が、口の奥に特定の人物を指す何かを含んでいたなんていうことになれば、警察はまず、ダイイングメッセージなみに扱うに決まってますからね」

「やはりそうでしょうかなあ……」

池沢は天を仰いで慨嘆《がいたん》した。

「光彦、あなた、そんなふうに警察を決めつけるようなことを言っていいの？」

雪江は不満そうに次男坊を睨《にら》んだ。

「いえ、これは一般論を言っているのです。すべての警察がそうだとは言っていませんから」

「一般論ということなら、決めつけているようなものではありませんか」

「そうでしょうか」

「そうでしょう、あなたも著述業のはしくれなのだから、分かりそうなものです」

「すみません」

浅見はあっさり謝った。母親に逆らっていては、話がいっこうに前に進まない。

「それはともかく、池沢さんはその女性がバッジを含んでいたことについて、何か思い当たることがあるのですか？」

「いや、何が何だかさっぱり分かりません。それが分からないので、浅見さんに……あ、こちらのご母堂にご相談したところ、息子さんがそういう厄介なことを解決するのを、得意になさっていらっしゃるとおっしゃるもので、ぜひにと……しかし、正直なところ、息子さんとおっしゃったのは、警察庁の幹部でいらっしゃるご長男かと思いましたので、あなただとは……」

「それを知ってがっかりされたみたいですね。でも、母は兄をそういう問題に引き込むことは、絶対にしない主義ですので、悪く思わないでください。それで、僕が相手では、このお話、引っ込めたほうがよいとお思いですか?」

「えっ? あ、いや、とんでもない。浅見さんにご相談を持ち掛けた以上、どのようになろうとも、最後までお願いするつもりです。なにぶんよろしくお願いします」

池沢は丁寧に頭を下げた。

「分かりました。それじゃお母さん、僕は池沢さんと一緒に銀座まで行ってみます」

「そう、わたくしも行こうかしら」

「いいえ、それはおよしになったほうがいいです」

浅見は慌てて断った。

「おや、わたくしが行っては邪魔だということなの?」

「あ、そんなふうに取らないでください。向こうで、かなり歩くことになるので、お付き合いいただくのは申し訳ないと、そういう意味です」

「わたくしを年寄り扱いするのはおよしなさい」

雪江は言ったが、さすがに煙たがられていることを感じて、それ以上のゴリ押しはしなかった。

4

浅見はソアラで出掛けることにした。ということは、銀座へ行く意志はない。銀座をのんびり散歩しようとするなら、タクシーなり、ほかの乗り物を使ったほうがいいのだ。

車を使うのは、その密室性を利用したいためである。

「お母上を邪魔もの扱いしたようで、何だか申し訳ないですねえ」

池沢はそのことを気にした。

「いいのですよ、母は歳の割りに好奇心が強くて、何にでも首を突っ込みたがる悪いヘキがあるのです。兄はほんとうは、僕なんかより母のそういうところにビクビクしているのです」

浅見はここぞとばかりに、恐怖の母親をこき下ろした。

池沢はどう相槌を打っていいものか、困った顔をしていた。

浅見は飛鳥山の脇の坂道を下りて、明治通りを走った。そのまま道なりに行くと、三《み》ノ輪《わ》を経て浅草に達する。

「ところで池沢さん、ひとつお訊きしておかなければならないのですが、津田隆子さんとはどういうきっかけで、婚約されたのですか？」

「ああ、それはある知人の紹介でしてね、こちらはまったく予想もしていなかったのですが、先方がたってと希望しているというので、それならと……」

「えっ？　そうすると、お見合いだとか、婚約に到るまでのお付き合いだとか、そういうことはどうしたのですか？」

「浅草のビューホテルで見合いというか……まあ、一緒に食事をしたのと、その後二度、同じように食事をしながら話し合っただけです」

「それじゃ、お付き合いらしいお付き合いは、まったくなかったと言ってもいいわけですねえ」

「まあ、そうなりますか……しかし、こっちも向こうもいい歳ですからねえ、いまさら若い者みたいにチャラチャラ歩くというのも、何だか照れくさくて」

「そんなことはない、池沢さんはお若いですよ」

「ははは、お世辞がうまい。私はもう五十の大台ですよ」

「それだって若いですよ。それに、津田隆子さんは三十代のなかばぐらいでしょう？　だったら僕とそんなに変わらない」

「ほう、浅見さんは三十代ですか？」

「ええ、三十三です、これでも」

「ははは、これでもはありませんが……しかし、たしかにお若く見えますねえ。なんですか、なかなかご結婚相手に恵まれないそうで、お母さんがご心配のようでしたが」

「僕のことはどうでもいいのです」

浅見は憮然《ぶぜん》として言った。

「それより池沢さん、話のつづきですが、津田さんのほうで望まれて――というのは、何か理由があったのですか？　あ、いや、もちろん池沢さんの魅力的なのは充分分かるとしてです」

「ははは、いいのですよ。そんなに気を遣ってくれなくても。たしかに浅見さんが言うように、私にもよく分からないのです。どういう理由で私を対象にしたのか、がです」

「ご紹介してくれた知人の方は何か言ってなかったのですか？」

「それがどうも、はっきりしないらしい。とにかく、津田家の世話焼きみたいな人物がいて、突然やって来て、私を紹介しろと、そういうことだったのだそうです。まあ、いくら何でも、こっちの素性をぜんぜん知らなかったとは思えませんが、それにしても唐突な話でした」

「池沢さんのほうは、津田家や隆子さんのことを、それまで、まったくご存知なかったのですか」

「ええ、知りませんでした。ただ、浅草にはよく行くので、あそこに津田屋という店があることは知っていましたがね。国際劇場の通り……といっても、いまは国際はなくなりましたが、あの通りに面した、和装小物なんかを商《あきな》う店です」

「ああ、そうですか」

浅見は二度も行っているのだが、池沢にはそのことを黙っておくことにした。雪江もまだ言っていないらしいのには、何か思惑があってのことかもしれない――と思った。

「浅草によく行かれるというと、池沢さんは浅草がお好きなのですか?」

「そうですね、好きなのでしょうね」

「浅草のどこへ行かれるのですか?」

「浅草というより、下町……いや、隅田川沿いの街や橋……隅田川そのものと言ったほうがいいですかな」

「ああ、いわゆるウォーターフロントというやつですか」

「ウォーターフロントねえ……どうも、私の場合はそれほどナウい言葉が似つかわしいかどうか、少しこそばゆい感じがしますけどねえ。ただ、言えることは、日本は近代化と繁栄という錦《にしき》の御旗《みはた》を掲げて、市民からどんどん水辺を奪ってしまったということはあると思うのですよね。たとえば東京湾がそうでしょう。かつては、潮干狩《しおひがり》や魚釣り貝拾いなんかで、誰でも自由に行けた海岸が、いつのまにか空港の敷地になったり、コンビナートの港になったりして、まったく人を寄せつけなくなってしまった。横暴もいいところです。隅田川だってそうでしょう。何メートルもの無粋《ぶすい》な堤防で、街と川を仕切って、橋の上からしか川の水が見えなくなった。文字どおり、臭いものに蓋《ふた》をしたのですね。住民の感情や街の美観以前に、国家の方針や企業のエゴが優先している。ばかな話です」

「隅田川がお好きなのですか？」

「好きとか嫌いとかより、そうねえ……言ってみれば、宿命みたいなものですか。隅田川や浅草、下町は私の原点みたいなものですからね」

「あ、すると、池沢さんはその付近のご出身ですか？」

「そうです、言問橋の近くだったらしい」

「らしい？……」

浅見は思わず脇見運転をした。

「私は戦災孤児ですよ。知ってますか、センサイコジという言葉」

ニヤリと笑って、浅見を見た。浅見は急いで正面に視線を戻した。

「もちろん知ってますよ、その程度は。じゃあ、あの三月十日の大空襲で……」

「そうです、一家六人がやられました。私はその夜、たまたま伯母の家に遊びに行っていて、無事でしたが、はたして無事だったのがいいのか悪いのか……」

浅見は池沢にチラッと視線を走らせた。池沢は複雑な微笑を浮かべていた。

「翌日、伯母に連れられて自宅に戻ったのですがね。いや、もちろん焼け野原ですよ。昼頃までは、まだ熱くて、道も歩けないようなありさまでしたが、夕方近くになって行ってみて……凄《すご》かったです」

池沢はしばらく言葉をとめた。

「この話は何度もしているのですが、慣れるということはありませんねえ」

そう言って、また黙った。フロントガラスを通して、四十何年の過去を見ているの浅草がどんどん近づいてくる。道路の両側にはビルが建ち並び、ひっきりなしに車が行き交う。そのすさまじいばかりの繁栄の向こうに、焼けただれた東京の街を見ているのかもしれない。

「自宅のあったところへ行ったのだが、何もありませんでね、どこがそうだったのか、私には見当がつかなかった。あちこちに真っ黒焦げの死体が転がっているのだが、もちろん身元なんか分かりっこない。そのうちに、川のほうに大勢いるという声がしたので、行ってみたら、隅田川にね、夥《おびただ》しい死骸が浮かんでいるのですよ。いまと違って、堤防が低くて、水際まで下りて行けましたからね、ずいぶん近くまで行って、死体の顔を一人一人、覗《のぞ》いて歩いたのです。道路なんかで死んでいる人は、それこそ焼けぼっくいのようだが、川の中の死体はきれいなものでした。眠っているような平穏な顔でね。私は恐ろしいとは思わなかった。恐怖心が麻痺《まひ》してしまっていたのかもしれない。しかし、伯母はショックだったらしい。その夜からおかしくなりましてね、ついに狂ったのです」

池沢はたんたんと語った。

「終戦の詔勅《しょうちょく》というのがありましてね、ラジオから流れてくる天皇の言葉、私には何を言っているのか、分からなかったのだが、伯母はその詔勅を聞いたあと、どこかへ出掛けたと思ったら、それっきりになりました」

「それっきり？……」

「ええ、死んだのです、胸を突いてね。伯父は軍人で、その少し前に死んでいましたから、いずれそうする覚悟ができていたのかもしれないが、いま思うとかわいそうな気がしてなりません」

衝撃的な話であった。話の内容ももちろんだが、浅見の胸の奥にある記憶を呼び覚ます衝撃が、池沢の話の中にはあった。

「浅草は私の肉親を奪った土地です。だから、浅草や隅田川が好きだと、言いきることは、正直言って、できません。しかし、浅草や隅田川のために何かしなきゃいけない――という、そういう想いは強いですね。いま、浅草はひどいことになっています。ご覧になれば分かることですが、日本の繁栄、東京の繁栄から取り残されたような状態です」

「ええ、それは僕も感じました。六区なんか、ウイークデーで雨降りだったせいか、まるでゴーストタウンのようでした。母が昔と較《くら》べて、かなりショックをうけていました」

「そうでしょう。何しろ、浅草は昭和の初期までは、日本一の繁華街だったところですからね。戦後だって、あの焼け跡からいちはやく立ち上がって、賑《にぎ》わったのも浅草ですよ。しかし、いまはひどい……」

池沢は溜め息をついた。

「浅草は、ただ時の流れに身を委《ゆだ》ねて繁栄し、滅び去ったのです。つまり、ポリシーがなかった。街がどうなってゆくのかとか、どういう街にしてゆこうとか、そういう将来への設計図がまるでなかった。観音様と六区と国際劇場があれば、浅草の繁栄は未来永劫《えいごう》、約束されているかのごとくに思っていた。

映画が斜陽になり、国際劇場のレビューが落ち目になり、街に閑古鳥が鳴くようになっても、まだ観音様があるじゃないか――と信じているのですね。関東大震災の時も、観音様だけはご無事だった――なんて言っていた観音様も、戦災ではあっけなく焼けてしまったのに、まだ御利益《ごりやく》を信じているのです。

具合の悪いことに、そういうかたくなな懐古趣味をありがたがる人もいるわけでして、その連中が古きよき時代の浅草を大事にしたがるのです。その懐古趣味にドップリ浸《つ》かっているうちに、浅草はどんどん取り残されてしまった。このままではいずれ、浅草はジジババの街になり下がってしまいますよ」

「池沢さんは、その浅草をどうかしようとしているのですか？」

「そう、浅草にね、新しい街に生まれ変わってもらいたいのです。いうところの『ふるさと創生』ですか、あれはなにも地方ばかりではありません。私の浅草にも蘇《よみがえ》って欲しいと思うのですよ」

「すばらしいですねえ」

浅見は心の底からそう思った。

「スケールの大きい夢を描いていらっしゃるのですねえ」

「ははは、そんなに買い被《かぶ》られると、困ってしまいます。なにぶん、焦土に新しい種を蒔《ま》くようなもので、理念と現実のあいだには相当なギャップがありますからね、はたして芽が出るのか、花が咲くものか、実を結ぶものか、希望と不安をこもごも抱く農夫の心境みたいなものです」

「それはそうかもしれませんが、やり甲斐《がい》のあるお仕事じゃないですか……あ、そうすると、池沢さんのお仕事はそういう方面のことですか？」

「まあ無関係ではありません。私は建築屋ですからね。橋の設計にも携《たずさ》わったし、このところ、ようやく手をつけはじめた、隅田川河畔の美化にも参画させてもらっています。東京の下町を蘇らせるには、まず隅田川から始めなければならない——というのも私の持論なのです」

「なるほど……」

浅見はふと思いついた。

「その池沢さんのお仕事と、津田さんとの縁談に、何か関係があるということはありませんか？」

「さあねえ、どうですかねえ……あちらの家業は和装小物ですからねえ、どう考えても直接、結びつくものはないような気がしますがねえ」

否定はしたが、池沢自身、明言ができるほどの確信はないらしい。要するに、津田家からの縁談そのものが、かなり唐突であり、奇怪なものであったといえるのだろう。

「そうすると、池沢さんが銀座ヨットハーバーを始められたのも、そもそも、そういう隅田川への愛着があってのことなのですね」

「まあ、かっこよく言えばそういうことでしょうねえ。しかし、ヨットはあくまでも遊びです。そんなに深刻に考えたわけではなく、同好の士が集まって、ワイワイやるだけでいいと思っていました。隅田川の汚染がもっともひどい頃でしたから、川にヨットでも浮かべて、人々の関心を隅田川に惹きつけようという狙《ねら》いも、多少はありましたけどね」

「しかし、取り壊す前ごろは、そういう純粋なものではなかったみたいですが」

「そう、日本人の習性というか、中にはなんでもビジネスにしたがるムキもありますからな。私がいる頃から、会員の中にはそういう気運がありました。私が退会したあと、どんどん企業化して、レストランを作るわ、グッズは売るわ、そのうちに会員権を売買するようになったらしいが、私にはもう関係のないことです」

「その会に、佐々木辰子さんは関係していなかったのですか？」

浅見の質問は、ようやく核心部に迫った。

「ええ、ぜんぜん。第一、彼女とは、妻が死んでまもなく、音信不通になったきりでしたからねえ。それが突然、ああいう形で現われたのだから、そりゃ驚きました」

「佐々木さんは池沢さんの奥さんのご親戚ということでしたね？」

「そうです」

「どういうご親戚ですか？」

「父方の遠縁だと聞いています」

「池沢さんの奥さんは何年前に亡くなられたのですか？」

「えーと、このあいだ七回忌をすませましたから、丸六年と少しですか」

「そうすると、池沢さんがまだ、銀座ヨットハーバーの幹事をやっていらっしゃった頃ですか」

「そうですねえ、そうそう、その頃でした。こっちは呑気《のんき》に、江の島までのクルージングに出掛けていて、帰ってきたらそういうことになっていたという……」

「えっ、それじゃ、池沢さん、奥さんの死に目に会えなかったのですか?」

「ええ、そうです。どうも、よくよく肉親の死に目に会えないようにできているらしいですな」

自嘲《じちょう》するように言って、池沢はまた、ぼんやりとフロントガラスの向こうを見つめた。過去にいろいろな重荷を背負っている男なのだ。

「そんなに急だったのですか」

浅見は知らず知らず、沈んだ口調になっていた。

「まだお若かったと思うのですが、奥さんは何で亡くなったのですか?」

「自殺です」

「えっ?……」

浅見は驚いて、また脇見運転をした。池沢は白い顔をしていた。

第三章　亡霊の執念

1

　池沢が佐々木辰子の住んでいたアパートに来たのは、もちろん初めてのことである。

「ここですか」

　車を降りて、アパートの前に立ち、池沢は感慨深げに、建物を見上げ見下ろし、付近の様子を眺めた。

「浅草には年中、来ていたのに、こんなところに彼女がいたなんて、ついぞ気がつきませんでしたよ」

「佐々木さんのほうは、池沢さんがときどきみえることを、知っていたということはないでしょうか?」

「さあ、どうでしょうかねえ。私は役所や企業や何々組合といったようなところには、よく顔を出していましたが、このあたりには来た記憶がありませんから」

二人はともかく玄関に入った。

アパートの管理人のおばさんは、浅見の顔を憶《おぼ》えていた。

「こちら、池沢さんとおっしゃる、佐々木さんのごく遠いご親戚に当たる方です」

浅見が紹介すると、おばさんはあまり嬉しそうな顔を見せずに、「はあ、そうですか」とわずかに頭を下げた。

「佐々木さんのお部屋は、その後、どうなったのですか?」

浅見は訊《き》いた。

「それがねえ、迷惑な話なんですよ。警察がね、しばらくのあいだ、現状のままにしておいてくれって。そりゃね、ここで亡くなったわけじゃないけれど、やっぱりね、いろいろあるでしょう。だから、早くすっきりして、模様替えなんかもして、次の人に入ってもらわないとね。ほんと、困るわねえ」

「申し訳ありません」

池沢はふかぶかとお辞儀をして、ポケットから財布を出して、素早く一万円札を三枚、おばさんに差し出した。

「これは些少《さしょう》ですが、御供養代《ごくようだい》にでもしていただければありがたいと思います」

「あら、いやですよ、そんなことしていただいちゃ」

おばさんは驚いて、押し返そうとした。

「いえ、失礼かと思いますが、どうかよろしくお願いします」

池沢も頑強に抵抗した。おばさんは困る困ると言いながらも、しだいに折れて、

「それじゃ、仏さまのお花代とお線香代にさせていただきます」と、おし戴《いただ》いて胸のポケットにしまった。

「お差し支えなければ、部屋を見せていただけませんか」

池沢は頼んだ。浅見がそうして欲しいと言っておいたのである。

おばさんはちょっと考えたが、「あの、中を荒らしたりしなければ」と、条件つきで案内してくれた。

二階のいちばん手前の部屋であった。おばさんが鍵を開け、池沢と浅見はドアを入ったところから、中の様子を窺《うかが》った。

警察の家宅捜索はあったのだろうけれど、ドアやテーブルなどに、指紋を採取したと思われる白い粉が残っているほかは、部屋の中は整然と片づいていて、佐々木辰子の性格が偲《しの》ばれた。

「佐々木さんはほんとに、きちんとした人でしたよ。挨拶も丁寧だったしねえ。電話を借りに来る時だって、そりゃ丁寧で、こちらが呼び出しに行ったりすると、そのたんびにちゃんとね、お菓子だとか、そういうものを持ってお礼にみえるんだから、ほんと、感心しちゃいましたよ」

廊下で二人の背中を見ながら、おばさんは言った。

「ずいぶんきれいですね、部屋が荒らされたような形跡はありませんが、警察が来た時もこの状態でしたか？」

「ええ、このままですよ。警察もあまりあちこち動かすようなことはしませんでした」

「佐々木さんを訪ねて来たお客さんは、どういう人か、憶えていませんか？」

「いいえ、たぶん誰も来なかったのじゃないかしら。佐々木さんばかりでなく、このアパートは、みなさんおとなしい方ばかりで、人の出入りもあまりないのです」

おばさんは言いながら、「あっ」と思い出した。

「そういえば、こちらの方、どこかでお目にかかったと思ったけど、刑事さんがおたくさんの写真を持ってきましたよ」

「は？　私のことですか？」

池沢が訊いた。

「ええ、こういう人が訪ねて来たことはないかって……でもありませんものね、そうお答えしときましたけど」

「そうですか、しようがないな……」

池沢は苦笑した。

おばさんに礼を言って、アパートを出かかったところに刑事が二人、やって来た。その一人は前川部長刑事だった。

「あっ、あんた……」

浅見と池沢が揃《そろ》っているのを見て、目を白黒させた。

「どういうこと?」

「ひょんなことから、知り合いになりましてね」

浅見はニヤニヤ笑いながら、言った。

「ふーん……」

前川は面白くなさそうだ。

「それで、ここに何をしに来たんです?」

「佐々木さんの霊を慰めに来たのです」

「しかし、まだいろいろ調べが残っているのだし、無闇《むやみ》に出入りしてもらっちゃ困るんだけどねえ」

「佐々木さんは、池沢さんの奥さんの遠縁に当たるのだそうじゃありませんか。御供養に来るのは当然だと思いますが」

「いや、そうは言うが……ちょっと、あんたたち、待っていてくれませんか。すぐに来ますからね」

言い置いて、前川は部下と一緒に中に入った。

「どうします？」

池沢は眉《まゆ》をひそめて、小声で訊いた。

「私はいっこうに構いませんが、浅見さんはご迷惑じゃないですか？」

「いえ、僕も平気ですよ」

「しかし、お兄さんのことが知れると、具合が悪いことになりませんか？」

「はあ、それはそうですが、かといって、逃げるのもまずいでしょう」

二人は少し離れた場所に停めてあるソアラに乗って、刑事を待った。

前川はほんとうにすぐに出てきた。外に出てキョロキョロと見回し、「ちきしょう」と罵《ののし》った。逃げられたのかと思ったらしい。浅見が窓から「こっちこっち」と手を振ると、ばつの悪そうな顔をしてやってきた。

「へえ、いい車に乗ってますな。あんたの車ですか？」

「ええ、もしよろしければ、築地署までお送りしましょうか」

池沢は助手席を降りて、後部座席への通路を作った。

「あ、そう、そいつはありがたいな」

前川は部下を促して乗り込んだ。

「知り合ったのはいいけど、おたくたち、示し合わせて何かやろうっていうんじゃないでしょうな」

お客のくせに、前川は横柄な口をきいた。

「何かって、なんですか？」

浅見は車をスタートさせながら、訊いた。

「たとえば、証拠湮滅《いんめつ》とか、そういうことですか？」

バックミラーの中で、前川はジロリと浅見を睨《にら》んだが、すぐに笑い出した。

「ははは、面白いことを言うな。まあ、そういうことのないように願いたいですがね」

「警察の捜査は進んでいるのですか？」

「まあまあというところですよ」

その口振りでは、さしたる進捗はなさそうだ。

「それよりあんた……えーと、浅見さんでしたか、あんた、やけに事件に首を突っ込みたがりますなあ。そんなに面白いネタとも思えないが、何か狙《ねら》いでもあるのですか？」

「狙いはないですが、しかし、面白いネタじゃないですか。銀座ヨットハーバーの騒動だけでも面白いのに、その跡から死体が出たときては、充分すぎるくらいのネタですよ。各社、追い掛けないというのが、不思議なくらいですよねえ」

「そりゃ、事件発覚当初は各社ともさかんに追ってたけど、もう古いんじゃないの？近頃じゃ、ちょっとした殺しは三日ともたない、次から次へと、どんどん新しい事件が起こるし、マスコミがまた、すぐにそっちへ飛びついて、前の事件なんかすっかり忘れちまうのだから」

前川の言葉に、誰も同調しなかった。事実は前川の言うとおりなのだが、言った当人も虚《むな》しさを感じたのか、全員がおし黙ってしまい、しばらくのあいだ、ソアラはまるで霊柩車《れいきゅうしゃ》のように、黙々と走った。

「さっき、アパートのおばさんに聞いたのですが」と、浅見はようやく口を開いた。

「佐々木さんを訪ねる人というのは、まったくいなかったみたいですね」

「ああ、どうもそうらしいですな。管理人ばかりでなく、ほかの住人にも訊いてみたが、誰も客があったのを見たことがないと言ってますよ。ずいぶん寂しい暮らしだったようですなあ」

「会社での付き合いはどうだったのですかねえ？」

「似たようなものだったようですな。会社での勤務状況はきわめてよかったそうだが、プライベートな付き合いは、ごくとおりいっぺんなものだとか言ってました。まだ三十五だか六でしょう、当然、男がいてもよさそうなものなのだが、いままでのところでは、それらしい人物が浮かび上がっていないのです。いや、男ばかりか、女の友人というのも出てこなくてねえ」

「不思議な人ですね」

「うんそう、不思議な人ですなあ。池沢さん、あんた親戚なんだから、もう少し何か、佐々木さんのことに詳しいはずだと思うのだけれどねえ」

矛先《ほこさき》が池沢に向けられた。

「いや、親戚といっても、ほんとに遠い親戚でして、しかも家内のほうのあれですからね、私はほとんど知らないと言っていいくらいなのです」

「だそうですなあ、あんたを事情聴取した刑事が嘆いてましたよ。こんなに何も知らない親戚は珍しいとか言ってね」

前川は精一杯の皮肉をこめて、言った。

「それはさぞかしご不満でしたでしょうが、事実、そうなのだから仕方がありません。悪く思わないように、お伝えください」

池沢は真面目くさって言った。やはり、刑事と被疑者のような対立感情が出てしまうものらしい。

「前川さん」と、浅見は険悪なムードを打破するように、言った。

「会社の上司に話を聞いた時、佐々木さんは水上バスの売店だとか、デパートなんかに応援を頼まれて、時々出掛けていたそうですが、そういうところに友人がいたとか、そういうこともないのですか?」

「もちろん、それも調べましたよ。たしかに水上バスや、それから松屋など三、四軒のデパートに、不定期に出張していますが、いまのところ、どこからもそれらしい人物は浮かんでいませんなあ」

「そうなんですか……あ、そうそう、佐々木さんが口の中に含んでいたとかいう、バッジですが、それについての説明はできたのですか?」

「いいや、まだです。もっとも、私に言わせれば、説明はただ一つ、被害者がホシを知らせるために残したダイイングメッセージ以外の何物でもないと思いますがね」

前川は、またしてもジロリと池沢に視線を飛ばした。

2

二人の刑事を築地署の前で降ろすと、浅見はふたたび浅草へ引き返した。

「また浅草ですか?」

池沢は怪訝《けげん》そうに訊いた。

「ええ、ちょっと思いついたことがあるものですから」

「何ですか? それは」

「いや、じきに分かります。それより池沢さん、浅草や隅田川の再開発を計画していると、さまざまな妨害だとか、抵抗だとか、そういうこともあるんじゃないですかねえ」

「ああ、それはありますよ。どんな場合にも、総論賛成、各論反対というのはつきものですしね」

「たとえば、津田さんのお宅なんかはどうなのでしょう？　浅草に根づいているような旧家なのでしょう？　新しい浅草づくりなんていうのには、必ずしも賛成していないというようなことはありませんか」

「そうですなあ……よく分かりませんが、少なくとも、表面的にそういうそぶりを露骨に見せたようなことはありませんね」

「今度の事件は、佐々木さんのことももちろんですが、僕は、津田隆子さんや津田家が、なぜ池沢さんに結婚を申し込んできたのか、そして結婚式当日に、なぜ隆子さんが消えてしまったのか、そのことのほうに大きな意味があるような気がしてならないのです。佐々木さんの事件と、そのことのあいだには、たぶん重要な繋《つな》がりがあるにちがいないと思うのですよ」

「うーん……しかし、それはどういう繋がりが想定されますか？」

「一つは、津田さんの結婚話そのものが、何かの茶番劇だったということ。そして、その背景にあるものが、佐々木さんの事件の原因になっていること……この二つですね。事件を解明するには、この仮説を前提にするところから始めるべきだと思うのです。警察はおそらく、そういう無責任な方針は立てないでしょうから、まず永久に事件の謎に迫ることはできないものと考えていいですよ」

「驚きましたなあ……」

池沢は助手席の窓側に身を引くようにして、目を丸くした。

「ずいぶん大胆な断定の仕方をしますねえ」

「ええ、そう自分に言いきかせないと、自信がぐらついちゃうのです」

浅見は茶目っけのある言い方をした。

「しかし、津田さんの結婚申し込みが茶番というのは、どうですかなあ。中に入ってくれた人は、そう非常識な人ではありませんし、隆子さんとは三度、会って話しましたが、私の再開発プランに賛成してくれましてね……もっとも、それ自体茶番だと言うなら、何をかいわんやですが」

「そうすると、池沢さんは慎重にことを運んだという確信はあるのですか？」

「まあ、そうですねえ。この歳《とし》ですからね、べつに焦《あせ》るとかそういうこともなかったつもりですが。むしろ、焦ったとすれば、先方でしょう」

「ははは、池沢さんのほうこそ、自信たっぷりじゃありませんか」

「えっ？　ああ、ははは……」

池沢は照れ笑いをした。

浅見は真《ま》っ直《す》ぐ、ふたたびあのアパートを訪ねた。管理人のおばさんは玄関前の掃除をしていたが、二人の客を見て、またか——という顔になった。

「こんどは何ですか？」

「すみません、たびたびお邪魔して。じつは、さっき、佐々木さんのところに電話がかかってきたという話をしましたね」

「ええ、かかってきましたよ」

「そのことなんですが、電話を取り次いだのは、もちろんあなたですよね」

「ええ、そうですよ、私が知らせに行きました」

「その電話というのは、どこにあるのですか？」

「それですよ」

おばさんは管理人室の小窓の中にある、ベージュ色の電話を指差した。小窓を開けると、外からすぐに受話器を取れるようになっている。

「あ、これですか。そうすると、何を話しているか、聞こえますね」

「聞こえますけど、いやだわ、私は盗み聞きなんかしませんよ」

「あ、いえ、そうじゃなくてですね、自然に聞こえちゃうんじゃないかと思うのですが、違いますか？」

「そりゃまあ、部屋の中にいれば、大抵、聞こえてきますけどね。でもあれですよ、何を話しているのかなんて、知りませんよ」

「どこから……つまり、かかってくる相手ですが、男の人と女の人じゃ、どっちが多かったですか？」

「女の人ですよ。いえ、男の人からの電話は一度もありませんもの。それに、かかってくる人はいつも同じみたいでしたわね」

「名前は分かりませんか？」

「分かりませんよ、いちいち訊いたりしませんからね」

「佐々木さんがその人の名前を言ったことはありませんか？　たとえば、あーら岡松さんとか——ですね」

浅見が女の声色《こわいろ》を使ったので、おばさんはおかしそうに笑った。

「言いませんよ。言ったかもしれないけど、私は聞いた記憶がないわ」

笑いながら言った。

「そうですか、残念だなあ……」

浅見は情けなさそうに、肩を落としてみせた。

「何かひとことでも、憶えていませんかねえ。誰かの名前みたいなこととか、どこかの地名でもいいのですが」

「そう言われてもねえ……」

おばさんは気の毒そうに言って、中空を模索するように、視線を泳がせた。浅見はひそかに、（しめた──）と思った。おばさんは浅見のために、ようやく意識の底に眠っている断片的な記憶を辿《たど》りはじめているのだ。

「名前じゃないのだけど、ときどき妙なことを言ってましたねえ」

「妙なこと？」

「ええ、何だかよく分かりませんけどね、『スケンヤ』とかいう言葉を言ってましたよ。へんな言葉なので、気になって、そのところだけ憶えているんだけど」

「スケンヤ──ですか？」

「ええ、そう」

「どういうふうに喋《しゃべ》っていたのですか？」

「そうねえ……だいたい決まってね『スケンヤなの？』とかいうふうに言って。ケラケラ笑ってましたね」

「スケンヤなの……」

浅見は反芻《はんすう》して呟《つぶや》いたが、何のことか分からない。

「秋田県の方言ですかね？」

池沢を振り返って、訊いた。池沢は「さあねえ？……」と首をかしげた。

「私は秋田の方言に詳しいわけじゃないですけど、そういう言葉は聞いたことがないですなあ」

「聞き間違えということはありませんか？」

おばさんに訊くと、「いいええ」と、はっきり首を横に振った。

「そんなおかしな言葉、聞き間違えるはずありませんよ。そりゃ、一度や二度ならねえ、間違えるっていうこともあるかもしれないけど、何回も聞いてますからねえ」

「そうでしょうねえ、ずいぶんへんてこな言葉ですよねえ」

浅見もそれは認めた。

「スケンヤなの――と言って、ケラケラ笑ったのですね」

もう一度、確認するように訊いた。

「ええ、大抵、笑ってましたね。だから何かおかしな言葉なんだろうなって思ったのだけれど、訊くわけにいきませんしね」

盗み聞きしていないという建前からいって、問い質《ただ》すわけにいかない――という意味なのだろう。

「そういうふうな笑い方をするからには、よほど親しい相手だったのでしょうね」

「だと思いますけど、でも、それしきゃ知りませんからね、どうだか分かりませんよ」

「どのくらいかかってきましたか？　つまり月に何度ぐらいとか」

「そんなに何度もかかったわけじゃありませんよ。月に一度とか二度とか……おしまいの頃は、よくかかってきたみたいだけれど、それでも、週に一度か二度……」

「あの……」と、浅見は思わず緊張して訊いた。

「最後にかかってきたのは、ひょっとすると、佐々木さんの姿が見えなくなる直前じゃなかったですか？」

「えっ？……ああ、そうねえ……そういえばそうだったかしら……」

おばさんも緊張した顔になった。

「でも、そのことと、事件のことと、まさか関係があるわけじゃないのでしょう？」

もし関係でもあると、自分も関わりあいになる可能性がある。そのことが心配だ――と思っている。

「ああ、もちろん関係はありませんよ。佐々木さんを殺したのは男であることははっきりしているのですからね。だけど、面白い言葉だなあ……何かの流行語ですかねえ。この頃はほんと、ケッタイな言葉が流行《はや》りますからね。いま、ゲロゲロなんていうのが流行っているの、知ってますか？」

「ゲロゲロ？　知りませんよ、そんなの。何なんです、それ？」

「ははは、なんてことないのです。びっくりしたり、困ったりして、何て返事していいか分からないような時にも使えるし、返事するのが面倒くさい時にも便利なんですね」

「ばかみたいねえ。昔は六区あたりのお芝居か映画から流行り出した『アジャパー』なんていうのがあったけど、そういうのと同じじゃないの」

「ああ、アジャパーなら僕だって知ってますよ。そっちのほうが格調が高いなあ」

おばさんに迎合しておいて、浅見は素早く訊いた。

「その人からの最後の電話の時、佐々木さんはどんな様子でした？」

「どんな様子って……」

「ケラケラ笑ってました？」

「いいえ、あの時はなんだか、憂鬱《ゆううつ》そうだったわねえ」

「憂鬱そうに話していて、それからまもなく出掛けたのじゃありませんか？」

「え？　ええ、そういえばそうだったかしらねえ」

おばさんまでが、まるで、その時の佐々木辰子の憂鬱が乗り移ったように、浮かない顔になった。

それがおばさんの記憶を絞り出す限界だったようだ。それ以上はもう何も憶えていないということであった。

「また、ひょこっと、何かを思い出すことがあるかもしれません。そしたら、この電話に知らせていただけませんか」

浅見は名刺の電話番号を、さらに大きな字で書き直して、渡した。

「収穫があったみたいですね」

車に戻ると、池沢は興奮ぎみに言った。

「浅見さんの話術というのかなあ、彼女の心を和《なご》ませて、ちゃんと核心を訊き出すテクニックには感心させられました。まさか、日頃からああやって、女性を口説《くど》いているんじゃないでしょうね」

「とんでもない！」

浅見は唇を尖《とが》らせて抗議した。

「ははは、冗談ですよ、冗談。しかし、あまり見事なもので、ほんとうに圧倒されました。お母さんが推薦なさるだけのことはありますねえ」

「はあ、推薦ですか……」

浅見はあの恐怖の雪江未亡人が、浅見家の出来損ないを「推薦」してくれたということに厳粛《げんしゅく》なものを感じた。

3

「やはり、どうしても分からないのは、津田隆子さんのことですね」

浅見は言った。

「まさか、津田さんの家に寄ろうなんて言うのじゃないでしょうな」

池沢は警戒する目を浅見に向けて、「それだけは勘弁してくださいよ」と、真顔で言った。

「どうしてですか？　消えた花嫁の消息を心配するのは、むしろ花婿《はなむこ》さんの義務だと思いますが」

「やめてくれませんか、花婿だなんていうことを言うのは」

池沢は照れを通り越して、腹立たしく思っているらしい。浅見も、これ以上言うのはいやみになると思った。

「まあ、津田家に行くことはないですけれど、それにしても、津田隆子さんの行動は理解に苦しみますね」

浅見はこの疑問だけは、池沢によってクリアしてもらいたかった。

「そもそも、津田隆子さんは、なぜ池沢さんと結婚しようとしたのか。それに、結婚する決心をしておきながら、なぜ逃げたりしたのか。しかも、いまだに身をひそめているのはなぜなのか……分からないことだらけです。どうなんですか、池沢さん」

「えっ？　私？　私にだってさっぱり分かりませんよ。だから浅見さんにお願いしたのじゃありませんか。それに、彼女自身の意志で失踪《しっそう》したのかどうかさえ、はっきりしていないでしょう。いや、はっきりしていないといえば、いったい水上バスの上から、どうやって消えてしまったのか、それすらも、いまだに謎だそうじゃないですか」

「いや、僕はその謎だけは分かったような気がしていますよ」

「えっ？　ほんとですか？」

池沢は信じられない——という言い方をした。

「ええ、ちょっとした手品だと思いますよ。もっとも、だからといって、津田さん本人の意志で手品を使ったのか、それとも、何者かに強要されたのか、それは定かではありませんけれどね」

「それにしたって……」と、池沢はゴクリと唾を飲み込んだ。

「あの水上バスの中から、どうやって消えたのですか？　津田家の人たちに訊くと、さっぱり分からないのだそうですよ。どういう手品を使ったのか、説明してくれませんか」

「簡単ですよ」

浅見はハンドルを切りながら、あっさりした口調で言った。

「要するに、水上バスの運航の基本的なルールは、乗り降りするお客の員数が合えば、事故がないものと判断して運航するのですよね。つまり、乗った客が全員降りてくれれば、何も問題はないわけです。津田さん一家が乗った時も、浅草の吾妻橋《あづまばし》を出発する時点で乗ったお客については、日の出桟橋《さんばし》に到着した際に、切符の半券を受け取って、全員が降りたことを確認しました。そして、次の客を乗せて吾妻橋に引き返した

——こういう仕組みですよね」

「そうですよ、そのとおりです」

「早い話が、水上バスの改札係は、切符の数を確認するだけで、客の顔をいちいちたしかめるわけではないということです」

「それは……それは当然のことでしょう。だから、どうなるのですか？」

「だから、津田隆子さんの身代わりの人間が、船を降り、半券を改札係に渡しさえすれば、それで手品は成立するというだけのことです」

「それはまあ、そうかもしれないが……」

池沢は、それこそ手品で騙《だま》された、人の好《よ》いお客のような、不得要領な顔をして、しばらく考え込んだあげく、言った。

「待ってくださいよ、しかし、その身代わりになった人間は誰なんです？」

「たぶん、佐々木辰子さんでしょうね」

「佐々木……」

池沢は「あっ」という顔になった。

「彼女が、ですか？……」

「そうじゃないかと思います。あの日、佐々木さんは水上バスの売店に応援で詰めていたそうです」

「だからといって、どうして？……」

「その理由は分かりません。いまはただ、手品のカラクリを解明しただけです」

「うーん……しかし、そうだ、その手品ですがね、日の出桟橋で佐々木さんが隆子さんの切符を持って降りたとなると……そう、隆子さんはどうなっちゃうのですか？

まさか、水上バスの上で殺された――なんていうわけではないのでしょうね？」

「うーん……そこまではまだ分かりませんが、まさかそんなことはしないと思います。水上バスの上は、それはトイレのような密室はありますが、殺人にはあまり適した環境ではありませんからねえ。たとえ殺すことはできても、ひそかに死体を運び出すことができるかどうか疑問です」

「じゃあ、どうしたのですか？」

「最初から説明しましょう。まず、吾妻橋で乗船した津田さんは、船内で佐々木さんに半券を渡します。佐々木さんはその半券を使って、日の出桟橋で下船する。佐々木さんは正規の職員ではないので、ちょっと変装すれば、誰にも気付かれないで改札口を通過できたでしょうね。それに、改札係は手元に神経を集中させていますから、お客の顔なんて、そんなによく見ていないものです。乗船券の員数が揃ったので、水上バスは日の出桟橋で待機していたお客を乗船させます。その時、佐々木さんもふたたび切符を買って船に乗ります。そうして船内で津田さんに半券を渡し、吾妻橋で津田さんは下船した――と、ざっとこんなところじゃないでしょうか」

浅見はこともなげに説明を終えたが、池沢のほうはあっけに取られて、またしばらく、言葉も出なかった。

「驚いたなあ……いや、驚きましたよ。ほんとにそんなことが行なわれたのですかねえ……信じられないですなあ」

「いや、これはあくまでも仮説ですよ。これを事実だとするには、まだいろいろな問題があります。たとえば、津田さんは自分の意志でそうしたのか、あるいは、脅迫されてそうしたのかが分かりませんしね。そのことは佐々木さんについても言えます。そもそも、そういうことがあったとして、それは犯罪だったのか、それとも、単なるいたずらだったのかも、まだ分かっていません」

「そんな……」と、池沢は憤然とした。

「そんなことを、単なるいたずらなんかでやったとしたら、こっちがたまったものじゃないですよ」

「でしょうね。ということは、つまり、いたずらなんかではないということになります。つまり、立派な犯罪が行なわれたのだ――というわけです」

「え、それじゃ、あれですか。佐々木さんは犯人の一味だったと?……」

「表面に現われたことだけを見るとそういうことになりますが、しかし、事実は分かりませんよ。佐々木さんは何も知らずに、ただ言われるまま、手品の片棒を担いだに過ぎないのかもしれませんからね。その証拠に、彼女は殺されてしまったではありませんか」

「うーん……」

池沢はようやく恐怖を実感したのだろう、唸《うな》り声を上げながら、シートの上で身を縮めた。

「それにしても、もし浅見さんの言ったとおりだとすると、いったい、隆子さんは犯人側なのか、被害者なのか……それに、いまはどうなっているのか……浅見さん、どうなのですか？」

「分かりません」

浅見は素《そ》っ気《け》なく言った。

「そんな、あっさり言わないで、何か推理の一端みたいなものを聞かせてもらえませんかねえ。水上バスの中で津田さんが消えた手品だって、ずっと内緒にしていたのでしょう。何か分かっていて、隠しているんじゃないのですか？」

「いえ、隠してなんかいませんよ。それに、水上バスの手品なんか、ちょっと考えれば誰にだって思いつくことです」

「そうは言っても、私はぜんぜん思いつきませんでしたよ。いや、警察だって、ぜんぜん想像もしていないんじゃないのかな」

「ああ、警察はね、警察はだめです。そういう下らない推理は苦手ですから」

池沢は思わず浅見の顔を見て、「ははは」と苦笑した。

「浅見さんは面白いことを言う。とても警察庁幹部のお身内とは思えませんな」

「あ、だめですよ、ここだけの話にしておいてくれないと」

浅見はうろたえたように言った。

「分かってますよ。しかし、ほんとにあなたは不思議な人だ」

車は梶原《かじわら》という街を通過しつつあった。早稲田と三ノ輪を結ぶ、唯一の都電の線路を渡った。ここからまもなく、京浜東北線王子駅のガードを潜《くぐ》り、音無川と飛鳥山《あすかやま》のあいだの坂を登って行く。

「一つだけ、あまり愉快でない質問をしていいですか？」

浅見は訊いた。

「はあ、どういう質問ですかね、べつに訊かれて腹が立つようなことは何もないと思いますが」

「佐々木辰子さんのことですが、彼女は池沢さんに対して、悪感情を抱《いだ》いていたということはありませんか？」

「悪感情？……」

池沢は胸を衝《つ》かれたように、かすかに上体を揺らした。

「ええ、そうです、悪感情です。池沢さんは奥さんが亡くなる時、江の島かどこかへヨット遊びに出掛けていたのでしょう。そういう、なんていうのか、池沢さんの生き方と、奥さんの自殺とに、何か関係があるのではありませんか？」

「…………」

池沢は黙っていた。浅見の疑惑を肯定も否定もできない——という表情だった。

「その奥さんの最期《さいご》を看取《みと》った佐々木さんの気持ちの中に、奥さんの怨念《おんねん》のようなものが乗り移ったということは、もしかするとあるのかもしれません」

「そうでしょうかなあ……」

池沢は悲しそうに天を仰いだ。

「だとすると、津田隆子さんの失踪事件は、彼女が仕組んだことだったというわけですかねえ」

「奥さんの自殺の原因は、何だったのですか？」

浅見はズバリと切り込むように訊いた。

「それは……」

池沢は言い淀《よど》み、顔をしかめた。

「言いにくければ、無理にとは言いません。ただ、佐々木さんの事件への関わりを理解するためには、知っておいたほうが都合がいいというだけのことですから」

「そうかもしれません」

池沢は力なく言った。

それからしばらく、沈黙があって、目の前の信号が青になった時、池沢は言った。

「医者はノイローゼと診断していました。しかし、妻の場合、すでに狂気と言ってよかったのかもしれません。もっとも、自殺したり、人を殺したりする瞬間は、誰だって狂気にかられているのでしょうけれどね」

浅見はさすがに、言葉が出なかった。

「そうなった原因は私にあるのかもしれません。あるいは、浅見さんが言われたように、佐々木辰子さんがそう思ったのかもしれない。しかし、その怨《うら》みが今度の事件の発端だというのは、どうも……」

池沢は首をひねった。

「そうですね、どう結びつくのか、僕もぜんぜん想像がつきません。ただ、それを解く鍵になるかもしれないのは、佐々木辰子さんが池沢さんのバッジを口の中に入れていたことだと思うのです」

「ああ……」

池沢はまた不愉快なことを思い出した——という顔になった。

「あれは何だったのですかねえ。警察はそのことだけで、私を犯人扱いしかねない。佐々木辰子は、そこまで私を憎み、貶《おとし》めようとしているのでしょうか？」

「それは違うような気がしますよ。佐々木さんは殺された——というのは、どうやら疑いのない事実のようですから」

「しかし、私のバッジが……」

「そうですねえ、それが最大の謎ですねえ。常識的に考えれば、あれは池沢さんが犯人であることを示すダイイングメッセージですからね。かりに、こういうお付き合いがなければ、僕だって迷うことなく、犯人は池沢さんだと思ってしまいますよ」

「やはりそうなりますか」

「ええ、なりますね。むしろ警察が池沢さんを拘引《こういん》したり逮捕したりしないのが不思議なくらいです。よほど有力なアリバイでもあるのですか？」

「ええ、そうです。驚いたなあ、まさに浅見さんの言うとおりですよ」

池沢は浅見の鋭い指摘に、感嘆の声を発した。

「やっぱりそうですか……だとすると、いよいよ、佐々木さんがなぜバッジを口に入れていたかが、謎解きのキーワードということになってきますね」

飛鳥山の前を通過する時、バス停前に小松美保子の姿を見掛けた。美保子は大きめのバッグのほかに、スケッチブックを小脇に抱えている。

浅見は車を寄せ、オートドアのスイッチを入れて、助手席の窓を開けた。

「小松さん」

池沢が声をかけた。

「あらっ……」

美保子はびっくりして、目を大きく見開いて二人の顔を交互に見た。

「立石先生の教室へ行くのですか？」

「ええ、そうです、バスを待っているところです」

「だったら、乗せてもらいませんか。ねえ、浅見さん、いいでしょう？」

「もちろん」

浅見はドアロックを解除した。池沢は降りて、助手席を美保子に譲り、「僕はここで降りて、少し歩きますから……じゃあ、浅見さん、またお邪魔します」と、こちらに返事をするひまも与えずに、大股で歩いて行った。

4

池沢は道路から飛鳥山公園の中に入る石段を上って行った。美保子は池沢の後ろ姿を見送って、当惑した目を浅見に向けた。

「なんだか悪いことしたみたいです」

「いや、いいんですよ。池沢さんはちょっと考えごとをしたい心境なんでしょうから」

浅見は言って、車を出した。

ここから立石画伯の教室までは、バスで三停留所、浅見の家の近くを通り越して、ちょうど倍程度の距離になる。

「わざわざ回り道していただいちゃ、申し訳ないですから、途中で降ろしてくださ い」

美保子はしきりに恐縮した。

「そんなこと言わないでくださいよ、たまに女性を乗せたのですから」

浅見としては精一杯のお世辞を言った。

「あら、いつもお母さまを乗せていらっしゃるじゃありませんの」

「えっ、母が女性ですか？　気がつかなかったなあ」

「あ、ひどいことを……言いつけちゃいますから」

「ははは……」

浅見は久々、楽しい気分であった。

「池沢さんとどちらへいらしたんですか？」

美保子は不思議そうに訊いた。池沢と浅見が知り合いだというのも不思議に思っているのだ。

「母に頼まれましてね、ちょっと事件のことを調べているのです」

「事件……というと、津田隆子さんが消えた事件のことですか？」

「ええ、それもありますが、ほかにもありましてね。ほら、小松さんは知りませんか？　銀座のヨットクラブか何かを取り壊したら、その跡から女性の死体が出たというの」

「ああ、知ってます。テレビと新聞で見ました……でも、その事件と池沢さんが何か関係があるのですか？」

「ええ、じつは、その女性は池沢さんの知り合い——というか、亡くなった奥さんの遠縁に当たる人でしてね、奥さんが自殺した時、最期を看取った女性なのだそうですよ」

「えーっ?……」

美保子は肩を竦《すく》め、そそけだった顔になった。

「自殺、されたのですか……」

「あ、そうか、小松さんは知らなかったのですね。いけね……」

浅見は頭を掻《か》いた。

「大丈夫ですよ、私は誰にも喋ったりしませんわ」

美保子は口を尖らせて言って、「でも、自殺の原因は何だったのですか?」と、その割りに、好奇心をあらわに見せて、訊いた。

「それが、じつに不思議な物語でしてね」

浅見は香具師《やし》の口上のように、もったいぶった言い方をして、美保子の顔をチラッと見た。

「聞きたいですか?」

「ええ、お聞きしたいですわ」

「じゃあ、少しドライブしましょう。ちょっと長い話になりますから」

美保子が気付いた時には、ソアラは立石画伯のアトリエに曲がる角を過ぎて、駒込《こまごめ》駅へ向かう坂にかかっていた。

駒込駅の近くに六義園《りくぎえん》という有名な庭園がある。五代将軍綱吉《つなよし》の側用人《そばようにん》・柳沢吉保《やなぎさわよしやす》が自ら設計監督し、七年がかりで造った名園で、明治時代には岩崎弥太郎《いわさきやたろう》の別邸だったところだ。

浅見は車を駐車場に突っ込んで、六義園に入った。美保子も「少しぐらい、遅くなってもいいわね」と、自分に言い訳して、ついてきてくれた。

吉保が手がけただけあって、六義園は池を中心にした回遊式築山《つきやま》泉水庭園として、典型的な規模と風格をもっている。のんびり歩くと、一周するのに小一時間はかかる。大きな樹木が枝を広げ、さまざまな花がいたるところに咲き誇っていた。気候もいいし、楽しいデート気分に、充分、なれそうだ。

「池沢さんの奥様の自殺ですけど、原因は何だったのですか？」

美保子は「デート」の目的をはっきりさせるような、少し気負《きお》った口調で言った。

「ノイローゼだそうです」

浅見は仕方なく、甘い気分を捨てることにした。

「あら……」

「池沢さんの話によれば、すでに狂気といってもいい状態だったらしい」

「まあ……」

美保子は痛ましそうに眉をひそめた。

「それじゃ、お子様のことが原因でそうなられたのかもしれませんね」

「えっ、お子様？……」

今度は浅見が目を見張った。

「池沢さん、子供さんはいないと聞いたような気がするけど……」

「ええ、ですから、お子様を亡くされたのでしょう。奥様のご病気はそれが原因ではないかしら？」

「そうなんですか……だけど小松さん、どうしてそのこと、知っているんですか？」

「いいえ、ちゃんと知っているっていうわけじゃないですけど、以前、アトリエで駄弁《だべ》っていた時、平林さんがお能の会の切符が残っているのを、どなたかにお譲りになっていて、その時、池沢さんがお断りをしたことがあるんですよね」

「はあ……それがどうして？」

「ええ、お能の演目が『隅田川』だったんですけど、お断りになったあとで、池沢さんが、身につまされるから――って、小さな声で言い訳をしていらしたんです」

「身につまされる……」

「ええ、そうなんです。池沢さんは脇を向いておっしゃったので、ほかの方は気がつかなかったみたいですけど、私にははっきり聞こえました。その時は、べつに深く考えませんでしたけど、いまの浅見さんのお話を聞いて、あっと思って……きっと、池沢さんにも、そういう傷がおありなんだわって、そう思いました」

「えっ？　そういう傷って……それは何のことですか？」

「ですから、奥様の狂気というのは、『隅田川』みたいなことが、過去にあったのかしらって、そう思ったのです」

「隅田川みたいなこと……」

浅見は顔が赤くなった。美保子の言っている意味が分からなかったからだ。つまり、美保子にとっては何でもない常識が、自分には欠けているということである。

「申し訳ない……小松さんの言う『隅田川』というの、僕はぜんぜん知らないんですよねえ。それどういう内容なんですか？」

「あら……」

美保子は意外そうに目と口を開けて、驚きを示した。「うっそー」とでも言いそうな顔であった。

「浅見さん、能や謡曲《ようきょく》のこと、とっても詳しいのでしょう？　私なんか、東京の地元のお話だから、たまたま『隅田川』のことは知ってますけど、浅見さんは何でも知ってらっしゃるみたいじゃありませんか。ほら、『天河伝説殺人事件』っていうのに、そのこと書いてあるの、読みましたけど」

「ああ、あれですか。あれはだって、大和《やまと》や吉野方面の史蹟にまつわる謡曲のことをルポしただけの、ほんとのつけ焼き刃的知識に過ぎませんからね。ほかのことは何も知らないも同然なんです」

「そうなんですか……嘘みたい……」

美保子は呆《あき》れて、おかしいのを我慢するのに、懸命になっている。浅見は面目を失った。そもそも、ああいう嘘っぱちを、さもほんとう臭く、しかもオーバーに書く推理作家がいるから、こういう、恥をかくことになるのだ——と、いまさらながら腹が立った。

「それで、隅田川のこと、教えてくれませんか」

浅見は恥をしのんで、訊いた。

「『隅田川』っていう謡曲は、簡単に言ってしまうと、愛するわが子・梅若丸を人買いに連れ去られて、物狂いになった母親が、都からはるばる東国《とうごく》にやってきて、隅田川のほとりで梅若丸の幽霊に出会うという話なんです」

「つまり、狂女、ですか……」

浅見は胸にツンと痛みが走るのを感じた。

「ええ、そうです。謡曲の中では『狂女物』として分類されているんですね。でも、隅田川のお話は、ただの狂女物として片づけてしまえない、現代にも通じる生々しさと悲しさがあって、とてもつらいお話だけど、私は好きです」

そんなふうに「好きです」と、断定的に言うのが美保子の癖で、彼女を理知的に見せている。

「幽霊ということは、その子……梅若丸でしたか、梅若丸はすでに死んでいたというわけですか」

「ええ、そうなんです。隅田川まで旅してきて、とうとう疲れと病いで死んでしまうのです。その最期のときの様子を語る、渡し守の台詞《せりふ》の中に、死んだ梅若丸の遺言が出てくるのですけど、それがとっても泣かせるんですよねえ」

「つまりダイイングメッセージですか」

「あら、そういう言い方をしていただきたくないですわ」

美保子はわざと、白けた顔をしてみせてから、苦笑した。

「あ、失礼。で、何て言ったのですか？」

「われ空《むな》しくなり候《そうら》はば、この路地の土中に築《つ》きこめて給《たま》はり候へ——っていうんです。つまり、隅田川の往還《おうかん》の路傍《ろぼう》に埋めてほしいって言ったんですね。そうすれば、都の人が通った時に影が落ちるでしょう。その影に懐かしさを感じるからって……それから、返す返すも心残りなのは、恋しい母親に会えないまま死んでゆくことだって、そう言いながら息絶えたんです」

美保子は感情移入して、いまにも涙ぐみそうだった。

「その船頭さんの話を、狂女の母親が聞いてしまうっていうんでしょう」

浅見はここで泣かれてはかなわないので、無味乾燥に言った。

「ええ、よく分かりますね」

「謡曲の話は、大抵そういうものと、相場が決まっています」

「まあ、男の人って、どうしてそう情緒がないのかしらねえ」

美保子は嘆いた。

そんなことはない。浅見だって大いに情緒的だし、ある意味では美保子以上に「隅田川」のストーリーに感銘を受けている。ただ、浅見の場合、そういう自分の心の奥底を、人に見られるのを嫌う性格だというだけのことである。

「そうだったんですか……池沢さんは、『隅田川』を自分のことに置き換えて、つらい気持ちになるというわけですか……そうか、だとすると、銀座ヨットハーバーを辞《や》めたのも、奥さんの自殺が原因だったのかもしれないな……」

そう思った時、築地川のヨットハーバーの底に沈んでいた佐々木辰子のことが、隅田川河畔に築き埋められた梅若丸とダブって、脳裏に浮かんだ。

もしかすると、佐々木辰子もまた、梅若丸のように、自分の想いを誰かに伝えたかったのかもしれない。それが口の中の「ナンバー1」のバッジだとしたら、それにはどういう意図が込められていたのだろう?

「そろそろ、行きませんか」

浅見が思索の中に没頭してしまったので、美保子はつまらなそうに言った。

「あ、ごめんなさい」

浅見はとってつけたように時計を見ると、美保子のオーデコロンが鼻孔をくすぐったけれど、美保子に腕《う》を貸して、出口へ向かって歩き出した。もはや、甘い気分など、浅見の中から消え失せてしまった。

第四章　聖者《セイント》のいる闇

1

帰宅すると、須美子が浮かない顔をして、「お客さんが見えてますけど」と言った。すでに応接間に通って、待っているということであった。

「誰？」

「前川さんとかおっしゃってました」

「前川？……」

ギョッとした、まさか――と思いながら、慌てて応接間へ急いだ。ドアを開けると、前川部長刑事のゴツい顔がこっちを向いて、「どうも」と立ち上がった。

「あ、やっぱり……」

浅見は狼狽《ろうばい》して、「まずいですね、どうしてここが……弱ったな、外へ出ましょう」と口走って、前川の腕を取った。

その時、ドアが開いて、雪江未亡人が入ってきた。

「あ、お母さん、えーと……こちら大学の先輩で前川さん……母です」

急いで紹介して、「ちょっと出掛けてきますので」と前川の袖を引っ張った。

「何を慌てているのですか。刑事さんはあなたを待っていらっしゃったのよ。いろいろお話をお聞きしていたところです」

「えっ……」

浅見は絶句した。

「突然で失礼かと思ったのですが」と、前川は殊勝げに挨拶をしている。

「あれから署に帰って、浅見さんのことをいろいろとその……つまり、身元をですね、調べさせていただきまして、そうしましたら、浅見刑事局長ドノの弟さんであることが分かりまして……」

前川は汗を拭いている。汗が出るのは、浅見も同じだった。

「そうなんですか。ははは、それはそれは、どうもその節は……」

浅見は前川が雪江に、どの程度までの話をしているのかが分からないので、意味不明のことを言ってお茶を濁した。

「じつは、正直申し上げて、浅見さんがですね、池沢氏と一緒に行動しているということは、捜査当局としては、きわめて重要な対象であると、関心を抱《いだ》くところでありまして」

局長の母堂がそばにいるとあって、前川は極度に緊張して、使いつけない言葉で喋《しゃべ》っている。

「しかも、洩《も》れうけたまわるところによりますと、浅見さんは名探偵の誉《ほま》れ高いお方だそうではありませんか」

「とんでもない」

浅見はあやうく、「ゲロゲロ」と言いそうになった。

「その浅見名探偵が、池沢氏と行動をともにしているというのが、どうも、われわれには理解に苦しむところでありまして、浅見さんの狙《ねら》いが奈辺《なへん》にあるのか、その点をご教示いただけまいかと、お邪魔したしだいであります」

やれやれ——と、浅見は神に祈りたい心境だった。

「光彦、あなた、池沢さんのことをちゃんとご説明なさい。そうでないと、警察にも池沢さんにも、皆さんにご迷惑をおかけすることになりますよ」

雪江が諭《さと》すように言った。

（あ、狡《ずる》いんだから、言い出しっぺは自分なのに――）

浅見は思ったが、口が裂けても、母親にそんなことは言えたものではない。「はあ、そうします……」と、神妙に従った。

「しかし、僕としては、その前に、警察がどうして池沢さんをそこまで追い掛けるのか、それと、出来れば、築地川の事件の詳しいことをお訊《き》きしたいですねえ」

「分かりました、結構です」

前川は大きく頷《うなず》いた。

「じつは、築地川の銀座ヨットハーバーについては、オーナーが交代するに際して、トラブルがありまして、暴力団がらみの傷害事件が発生したこともあるのです」

「ほう……」

それは意外な事実であった。

「池沢さんの話では、そういうトラブルはなかったということでしたが」

「はあ、たしかにおっしゃるとおりでして、池沢さんが幹事を務めていた当時は、比較的平穏だったそうです。自分は当時はべつの署におりましたので、詳しいことはこの目で視認したわけではありませんが、その点についての池沢さんの供述は、信用してよいかと思料しております」

「それなら、どうして？」

「しかしですね、池沢さんは幹事を辞め、銀座ヨットハーバーを脱退してから以降も、当該ハーバーと関係があったという事実が明らかになっておるのです」

前川は「思料」だとか「当該ハーバー」などと、警察用語丸だしで喋るので、聞いているほうが疲れてしまう。はじめのうちは興味ありげに聞いていた雪江は、とうとう我慢ができなくなって、「ちょっと出掛けますからね」と引き上げてしまった。

「前川さん」と浅見はたまらず、言った。

「もう少し簡単に話していただけると、ありがたいのですが」

「はあ、そうさせてもらえますか。どうも、堅苦しいのは苦手なもんで」

前川は「ホーッ」と大きく溜《た》め息《いき》をついて、ガックリ肩を落とした。

何のことはない、前川は刑事局長の母堂・雪江を意識して、カチンカチンになっていたらしい。浅見は思わず吹き出しかけて、慌てて咳《せき》をして誤魔化した。

「それでもってですねえ、うわべは銀座ヨットハーバーに関係していないように見えて、実際には、かなりのさばっていたとか言う関係者がおりましてねえ。会員権の売買なんかにも、結構、関わっているっていうのですなあ」

「それは誰が言っているのですか？」

「それは何人もいますよ。とくに、最後の頃に、銀座ヨットハーバーのオーナーだった安藤という人なんかは、そう言ってますな。その人の話によると、池沢ってヤツは隅田川沿岸の改良工事だとか、最近流行《はやり》のウォーターフロントとかいうので、いろいろ画策しているという話です。それでもって、なんか怪しげな連中を集めたりしているそうじゃないですか」

前川は「池沢ってヤツ」と、ついに「ヤツ」呼ばわりをしたが、浅見は不吉な予感に脅《おび》えて、物を言う気にもなれなかった。

「そういうわけですからね、浅見さんが池沢のヤツの後ろ盾みたいになっているのを見て、てっきり共犯関係じゃないかと思ったもんで、あれから署に戻ると、上司に相談をもちかけて、調査したっていうわけです。そしたらなんと、刑事局長さんのお名前が出てきちゃうんだものねえ……」

前川は「参ったねえ」と、首振り人形のように、いやいやをした。

「どうなんですか浅見さん。これは余計なお節介かもしれませんがね、お兄上の手前、ああいう人物と付き合うのは、自粛なさったほうがよろしいのではありませんか？しかもですな、犯罪の片棒を担ぐようなことにでもなったら、こりゃ、えらいことですぞ」

「分かりました、ご忠告はありがたく承《うけたまわ》っておきますよ」

「いや、まったくの話が、ご注意なさったほうがよろしい。浅見さんみたいなええとこのお坊ちゃんは、ああいうしたたかなヤツにかかっちゃ、コロッと騙《だま》されますからなあ。ははは、ほんとに」

「しかし、そこまで容疑が固まっているのなら、池沢さんを任意出頭か何かで取り調べたらよさそうなものですが？」

浅見は言った。

「うーん……それがねえ、ヤツは佐々木辰子が殺されたと思われる五日夜のアリバイを主張してましてな……いや、しかし、何かカラクリがあるに違いありませんよ。そのうちに化けの皮をはがしてみせます」

最後は捨て台詞《ぜりふ》のように言って、前川は帰って行った。

2

前川部長刑事が帰って行くのを、浅見が玄関で見送っているところに、背後からひょっこり雪江が現われた。呆《あき》れたことに、どこへも出掛けたりしてはいなかったのだ。

「どういうことだったの？　なんだか、あの刑事さん、池沢さんのことを悪く言っていた様子だったけれど」

「ええ、池沢さんを殺人犯人だと決めつけているみたいですよ」

「まさか……」

「いえ、ほんとうです。警察がそう考えているのはたしかです」

「どういうことなの、それは？　ちゃんと説明しなさい」

雪江は、息子が警察の代弁者であるとでも錯覚しているらしい。まるで詰問するようなきつい声を出して、浅見を睨《にら》みつけた。

ふたたび応接間に戻って、浅見は警察の池沢に対する「見解」を、かいつまんで話して聞かせた。

雪江は「まあ」とか「なんということを」とか、憤慨とも慨嘆《がいたん》とも受け取れる合いの手を入れながら聞いていた。

「ふーん、そういうこと……」

浅見が全部話し終えると、虚脱したような目を天井《てんじょう》に向けた。

「そういえば、披露宴にきていた、池沢さん側のお客さん、妙な雰囲気の人ばかりでしたわねえ」

「は？　お母さんや小松美保子さんが妙な雰囲気なんですか？」

「ばかおっしゃい、立風会の関係者は、皆さんご立派な面々でしたわよ。そうではなく、池沢さんのお身内やらご友人やらの方々が、です。なんだか愛想のない、陰気くさい人たちばっかり」

「じゃあ、ヤクザか何かですか？」

「そうねえ……ヤクザとも違うようでしたけれど……とにかく、わたくしたちと、ひと言もお話をしないままでしたよ」

「へえー、それは静かでいいですねえ」

「おや、それはどういう意味ですか、光彦」

「いえ、べつに……とにかくそういうわけなので、池沢さんの後押しをするのは、考えたほうがいいと、あの刑事は言っているのですが、どうしましょう」

「どうしましょうって、わたくしに訊かれても困りますよ。あなた自身の問題なのでしょう。もう子供じゃないのですからね、自分で判断しなさい」

雪江はピシャリと言うと、さっさと行ってしまった。

（狡《ずる》いんだからもう――）

浅見は母親の後ろ姿に、怨嗟《えんさ》を詰めたボールでもぶつけたい心境だった。

翌朝、まだベッドの中にいた浅見を、須美子が叩き起こした。池沢から電話が入っているという。浅見は眠い目をこすりながら、居間に行った。

居候を除くほかの家族は、とっくに食事を終え、兄と二人の子供は出たあとだ。雪江が冷やかな目で、「おはよう」と言った。

その視線を背中に感じながら、浅見は電話に出た。

「昨日は私のために、あちこちご足労いただいて、恐縮でした」

池沢は礼を言ってから、少し冷《ひ》やかすような口調になって、「あれからあと、いかがでしたか？」と言った。

「え？　何がですか？」

浅見はとぼけた。

「ははは、まあいいとしますか」

笑っている場合じゃないのに——と、浅見は池沢の呑気《のんき》さに腹を立てたが、じつは池沢のほうも切迫した状況なのであった。

「ところで浅見さん、どうやら私は、まもなく警察に連行されそうな雰囲気になってきましたよ」

笑いの残った声で、池沢は言っている。

「家の窓から見ていると、それらしい男が二人、三人と、周りをうろついていましてね。どうも、私が逃亡しはしまいかと、見張っている様子です」

「ほんとうですか……」

浅見は緊張した。

「だとすると、警察は本気ですね」

「やっぱりそうですか、浅見さんが言うのだから、間違いないですな。さて、どうしたものですかねえ。このままだと、逮捕は必至ですか」

「しかし、池沢さんにはアリバイがあるっておっしゃっていたそうじゃないですか」

「ははは、あれはちょっと眉唾《まゆつば》ものでしてね、きちんと裏付けを取られると、引っ繰り返される可能性があります」

「えっ？　それじゃ、まさか、アリバイ工作をしていたのが、バレたとでも？」

「まあそんなところです。しかし、言っておきますが、私は犯人なんかじゃありませんよ。ただ、日頃の行ないが悪いせいで、別件をデッチ上げられるような弱みは、いくらでもありますからね。冤罪《えんざい》が得意な警察に逮捕されたら、もう何を言ってみても、おしまいという気がしないでもないものでして」

「ばかなことを……」と言いかけた言葉を、浅見は口の中に戻した。さすがに、「得意」とまでは、警察の名誉のために言いたくないけれど、冤罪事件はたしかに後を絶たないのだ。大阪で起きた「十五万円ネコババ事件」なんかは、その典型的なものだった。

善良な主婦が、十五万円を拾って、交番に届けたら、交番の巡査が金を使い込んだあげく、主婦を犯人に仕立て、おまけに警察署をあげて、その真相を包み隠そうとしたという、ほとんど信じられない事件が、堂々と行なわれたのである。

これに類することは、日常茶飯で行なわれているのかもしれない。この事件の場合は、主役があくまでも善良な主婦だったから、なんとかマスコミや世間がバックアップしてくれたけれど、たとえば、これが浮浪者だったらどうだろう。まず、間違いなく闇から闇へと葬り去られてしまうはずだ。

「池沢さん、軽はずみな言動は慎んだほうがいいですよ。誰が何と言おうと、僕はあなたを信じていますが、あなたと連絡が取れないような事態になると、それを立証するのが難しい。なるべく従順を装ってください」

「分かりました、せいぜいいい子にすることにしましょう」

「それと、池沢さん、あなたの結婚披露宴《ひろうえん》に招待した人々ですが、あの方々はどういう人たちですか？」

「ああ、彼らは私の仕事仲間——あるいは同志みたいなものです」

「みたい——とは、どういう意味ですか？」

その時、池沢の電話の向こうに、チャイムの鳴る音が響いた。

「あ、来たようですな、おそらく刑事でしょう。電話、切ります」

「ちょっと待ってください、その人たちの名前と住所を教えてくれませんか」

「彼らの？　そんなものを聞いて、どうするつもりです？」

「会って、いろいろ訊いてみたいことがあるのです」

「いや、それはやめたほうがいい。浅見さんが行っても、連中が歓迎してくれるとは思えませんから……」

「そんなことはどうでもいいのです。とにかく教えてください」

浅見は怒鳴るように言った。

池沢は沈黙した。しかし、電話はまだ切ってない。背後のチャイムの音が、いちだんとはげしくなったような気がした。

「池沢さん！」

浅見は叱りつけるように怒鳴った。

「いいでしょう、教えましょう。台東区吾妻橋《あづまばし》一番地ですよ。そこで『セイント』と言えば分かります。ただし、くれぐれも気をつけてください」

電話が切れた。

浅見はしばらく、受話器を握ったまま、つっ立っていた。雪江が何か言いたそうだったので、急いで自室に戻り、東京都区分地図を広げた。

――台東区吾妻橋一番地――

「なんだ?……」

浅見は思わず、独り言を呟《つぶや》いた。台東区に「吾妻橋」という町名はないのだ。

「吾妻橋」は隅田川を挟んだ、向こう側の墨田区に、「吾妻橋一丁目」～「吾妻橋三丁目」がある。

池沢は台東区と墨田区を間違えたのかな――とも思った。しかし、それにしても、「吾妻橋一番地」という地番表示はない。

試みに台東区役所に電話して、「吾妻橋一番地」というところがあるのかどうか、訊いてみた。区役所は「ありません」と言った。

「隣の墨田区に吾妻橋一丁目から三丁目までがあります」

浅見の調べたのと、同じ説明だった。

（からかわれたのか――）

浅見は腹が立った。池沢には摑《つか》みどころのない、得体の知れぬところがある。たとえば、彼の仕事が建築関係らしいということは聞いたけれど、所属する会社名や職名などは、何も聞いていない。絵画教室仲間の雪江も、あまりそういうことは知らないらしい。

しかし、浅見は池沢が最後に言った、「気をつけて」という言葉を思い起こした。その言葉を言う口調には、浅見の身を気づかう、真摯《しんし》な響きがあった。それは信じていい――と思い返した。

浅見はソアラを駆って浅草へ向かった。とにかく、電話では埒《らち》が明かないと思った。区役所の住民課に行って、電話で訊いたのと、同じことを質問した。

「吾妻橋一番地ですか？　そういうところはありませんが」

まったく同じ返答だった。だが、浅見はそう答える職員の様子に、心なしか、揺れるものを感じた。「ありませんが……」のあとに、何か余韻《よいん》があるような、揺らめくものをキャッチした。

（あっ――）と思った。

「そうか、分かりましたよ、橋自体をそう呼ぶんじゃありませんか？」

浅見は職員の顔に、精一杯、顔を近づけて、言った。職員は、度胆を抜かれたような、当惑した表情で、すばやく周囲を見回してから、かすかに頷いた。

「正式な名称ではありませんが、そう呼ぶ人もいるのです」

「ついでに伺いますが、隅田川の管理は何課ですか？」

浅見は勢い込んで、訊いた。

「隅田川は都が管理しています」

「では、橋のたもと――たとえば、隅田公園なんかはどこですか？」

「それは台東区の公園緑地管理課です」

職員はうかない顔で答えた。

公園緑地管理課は二階にあった。ウォーターフロントの時代を象徴するように、フロア全体が活気を帯びていた。

「池沢という人を知ってますか？　池沢英二さんですが」

部屋を入って、たまたま目の前にいた男を摑まえて、訊いた。男は見た感じからいうと、中堅クラスの職員で、びっくりした顔をしたが、「ええ、知ってますよ」と言った。

「どういう人なのですか？」

「どういう人って……」

職員は胡散臭《うさんくさ》い目になって、「どちらさんですか」と訊いた。

浅見は名刺を出した。

「フリーのルポライターをやっている者ですが、今度、『浅草のいまと昔』という特集を出そうということで、いろいろ調べているところなのです」

「ふーん……だったら、池沢さんなんか、ぴったりでしょうね」

「あ、そうなのですか、ぴったりですか」

職員は妙な顔をした。こいつ、何も知らないで取材に来たのか――という顔だ。

「お忙しいところ恐縮ですが」と、浅見は低姿勢で言った。

「そのあたりのことについて、お話を聞かせていただけませんか？」

「そうですなあ……」

職員は時計を見て、「じゃあ、五、六分なら」と言ってくれた。

大きな部屋の片隅に、ささやかな応接セットが置いてある。そこに案内して、向かいあいに座り、「小島です」と名乗った。

「まったく予備知識がないのですが、池沢さんという人は、建築関係のことをしているというふうに聞いているのですが」

浅見は言った。

「ああ、本来はそのようですね。しかし、あれですよ。われわれのあいだでは、浅草の総合再開発だとか、隅田川フロント計画だとかいうことで知られているのですよ」

「隅田川フロント……」

「そうです、ご存知ないですか。つまり、隅田川を浄化する一方、かつてのように水辺に親しめるよう、堤防そのもののイメージを変えてしまおうというものです。これまでの隅田川は、戦後、一貫して産業優先、洪水防止といった観点からのみ改修されてきましたからね。都市の美観だとか、住人との関わりなどというテーマはまったく無視していたのです。笑い話のようですが、隅田川からほんの五、六十メートルしか離れていないところに住んでいる子供が、隅田川のあることを知らなかったという、実話があるほどです。二十一世紀に向けて、人間性回復の時代ですからね、隅田川を昔の墨堤《ぼくてい》とまではいかないまでも、せめて水の流れを眺められるような川にしようというのが、池沢先生の主張です。いろいろ毀誉褒貶《きよほうへん》はありますが、私なんかは啓蒙《けいもう》されたクチですねえ」

小島の池沢に対する呼び方が、「池沢さん」から「池沢先生」へと昇格していた。

「なるほど、それはすばらしいビジョンですねえ」

浅見は心底、感心すると同時に、池沢のことがますます分からなくなってきそうだった。

「しかし、あなたもおっしゃったけれど、そういうビジョンを打ち出すと、必ずといっていいほど、敵対するものが現われるのではありませんか？」

「そのとおりです。ことに浅草の再開発については、猛烈な反対が起きていますよ。キリスト教の侵入を拒む、幕府の鎖国政策というか、一種のアレルギーみたいなところがありましてね」

小島は苦笑している。

「池沢さんの再開発プランというのは、具体的にどういうものなのですか？」

浅見は訊いた。

「まあ、壮大なものですね。まず交通の整備です。池沢先生は北区の王子駅あたりから、荒川区の尾久《おぐ》を通り、隅田川に出て、千住《せんじゅ》、向島《むこうじま》、浅草から築地を経て東京湾沿いに羽田まで達するモノレールを作れと言っています。さらに、浅草には大学を誘致して、街の若返りと活性化を図れとも主張しています。要するに、浅草は完全に老害にやられている——というわけですね」

「なるほど……」

浅見は複雑な想いで頷いた。

小島は完全に池沢のビジョンに傾倒しているけれど、それとは逆な見方をする人間も少なくないはずだ。浅草はいまのままでいい、そっとしておいてくれ――という考え方も、あながち退嬰的《たいえいてき》とは謗《そし》れないのかもしれない。

それに、そういう意見の対立を利用して、さまざまに絡みあい、暗躍する者もいることだろう。

小島がいみじくも言ったように、池沢はかつてのキリスト教徒のように異端なのだ。異端はやがては正統に変わってゆくだろう。しかし、異端である以上、迫害もまた起こり得る。

「ところで小島さん、吾妻橋一番地というのは誰が名付けた呼び方か、知りませんか？」

浅見はもしや――と思って言った。

「吾妻橋一番地ですか……それはじつは、あまり公表したくないのですが」

「あ、これは取材とは関係ありません。池沢さんにそういうのがあると聞いたものですから」

「そうですか、池沢先生に……それならいいですが、そこは吾妻橋のたもとのことでしてね、そこをネグラにする人たちが、最初にそう呼びはじめたらしい。池沢先生はどういうわけか、その人たちと交流があるのですよ。池沢先生は尊敬しますが、どうも、その部分だけはねえ……何かそれなりの理由があるのだと思いますが……」

小島は困ったような、情けないような顔をして腕を組んだ。

浅見の脳裏《のうり》には、母親や美保子から聞いた、披露宴に招かれた「奇妙な人々」のことが浮かんだ。

「連中が歓迎してくれるとは思えませんから」と言った、池沢の声も思い出された。

「どうもありがとうございました」

小島に礼を言って、立ち上がりながら、浅見は少し重苦しい気分になっていった。

3

吾妻橋の少し上流にある発着場に、ちょうど水上バスが接岸したところだった。船を降りてくる客たちのざわめきが、浅見の脇を通って、松屋デパートへ向かう交差点を渡って行った。

浅見は橋のたもとの小さな公園に佇《たたず》んで、ぼんやりと人々の流れを眺めていた。

ひとしきりの賑《にぎ》わいが通過すると、嘘のように人影が途絶え、ポカーンとした空白がやってくる。この付近はそういう繰り返しが日常風景らしい。

その風景の中に、浅見ともう一人の男が取り残されていた。

男は四十歳を少し越えたぐらいだろうか。プラタナスの幹に凭《もた》れて立ち、黒いカバーの本を読み耽《ふけ》っている。

黒いセーターに黒いコーデュロイのズボンという格好だ。ヒョロッとした痩《や》せ型だが、背丈は浅見と同じくらいはある。髪は長く、顎鬚《あごひげ》も少し伸びぎみだ。そういう風貌が「聖者」を連想させる。

彼が「セイント」だな——と浅見は直感した。

周辺に仲間らしき人物はいなかった。浅見は近づいて、遠慮がちに声をかけた。

「失礼ですが、セイントさんですか?」

男は物憂い視線を浅見に向けた。黒目は黒く、白い部分はあくまでも白い、深みのあるまなざしであった。

「池沢さんに聞いてきたのですが」

男は黙っていたが、さりとて、否定もしなかった。

「僕は浅見という者です」

「………」

「池沢さんが、いまピンチなのです」

浅見は相手の沈黙に構わず、言った。

「警察に逮捕されて、このままだと、殺人事件の犯人にされかねません」

男はかすかに苦笑した。

「嘘ではありません、状況はかなり池沢さんに不利なのです」

浅見は抗議するように、強い口調で言った。男は真顔に戻った。

「それで？」

はじめて発した言葉がそれだった。

「池沢さんの潔白を証明する方法を探しているのです」

「はあ……」

「あなたがセイントさんですね？」

「池沢さんはそう呼ぶ」

「じゃあ、僕もそう呼ばせていただきましょう」

「どうぞ」

「失礼ですが、池沢さんとはどういう？」

「友人——かな」

「池沢さんが窮地に立っていることを知ってますか？」

「いつもそう」

「は？……」

浅見は問い返したが、セイントは黙った。

「あなたは池沢さんのこと、心配じゃないのですか？」

「どうして」

「どうしてって……池沢さんはほんとうに危険な状況なのですよ」

「アリバイ、あったはずだが」

「ああ、あなたがアリバイの証明をしていたのですか？」

「いや、違う」

「じゃあ、べつのお仲間の誰か——ということですか？」

「そう」

「そのアリバイが崩れたそうです。だから、かえって、警察の心証を悪くしているのでしょう」

「………」

「それ以外に、池沢さんを救えるような情報は、何かありませんか？」

「さあね」

「そういう素《そ》っ気《け》ない態度でいいのですか？　池沢さんのために、何かしてあげないのですか？」

「べつに」

「どうしてそうなのですか？」

「人それぞれだから」

「なんてことを……」

浅見は悲しそうに首を振った。

「どうして素直に、池沢さんの身を心配して、何かしてあげようとしないのですか。本心はそうしたいのでしょう？」

「本心？」

「ええ。あなたは虚無を装っているし、たぶん、そういう生活姿勢を貫いているのかもしれません。しかし、池沢さんに対しては違うのでしょう？　池沢さんを愛しているのですから」

「愛している……」

セイントは驚いて、手の中の本をパタンと音を立てて閉じた。

「そうですよ、あなたは池沢さんに対してだけは、虚無的になれないのでしょう。池沢さんだけは尊敬に値する人だし、愛せる人なのでしょう？」

「どうして、分かる」

「それは分かりますよ。あなたの鬚を見ればね」

「鬚？……」

セイントは慌てて鬚に触った。

「そうですよ、その顎鬚です。セイントと呼ばれるからには、あなたの鬚はもっと立派なものだったはずです。それをあなたは剃《そ》り落としてしまった。その伸び具合から推察すると、剃ったのは池沢さんの結婚式の当日あたりでしょうね。もちろん、池沢さんはそんな要求をする人じゃないから、あなたが自主的に剃ってしまったのでしょう。敬愛する池沢さんのために、あなたはそうしたかったのですよね」

「ほう……」

セイントはプラタナスの幹を離れて、浅見のほうに向きを変えた。

「なかなか……」

呟くような低い声で言って、じっと浅見を見つめた。「なかなか」何なのか、その先を言わない。

浅見はセイントの目を見返して、じっと黙っていた。

やがてセイントは浅見の視線をはずすと、ゆっくり、橋近くの河岸のほうへ歩いて行った。浅見も少し距離を置いて、あとに続いた。

隅田川の水は相変わらず黒いが、それでも白茶けた濁りを感じさせる程度に、わずかな透明感を湛《たた》えていた。

潮どまりなのか、流木がほとんど動かずに、吾妻橋の橋脚に漂い着き、その上に三羽のユリカモメが休んでいた。ユリカモメはもちろん、あの「いざ言問はむ──」と在原業平の歌った、都鳥のことである。

「で、何をすればいい？」

セイントは後ろに言葉を投げた。

「四月五日──つまり、佐々木辰子さんの死亡したと思われる日ですが──その日の深夜の池沢さんのアリバイを証明できる人はいないか……それが一つ。ほかには、その日の前後、あの付近で何か不審な出来事がなかったかどうか……です」

「むずかしい」

セイントは、向こうを向いたまま、言った。

「むずかしいが、やってみる」

「ありがとうございます」

浅見はセイントの背中に向けて、深ぶかと頭を下げた。

「今夜、十二時、ここで」

言うと、セイントは浅見を見ないで、スッと歩きだした。

4

夜の川面《かわも》を眺めるのは恐ろしいものだ。暗く、深く、ブラックホールのような吸引力を感じる。

十二時という指定だったが、浅見は十一時過ぎごろから吾妻橋に来ていた。来てはみたものの、ほかにすることは何もない。橋の真ん中辺に立って、そこから周囲の風景や川面を眺めているしか、しようがなかった。

吾妻橋を渡る車は、十一時を過ぎても、まだかなり多かった。松屋デパートの中にあるターミナル駅を出た東武電車が、上流の鉄橋を渡ってゆく。その明かりの帯が、なにがなし、気分を和《なご》ませてくれる。

一度だけ、警邏《けいら》の巡査が二人連れで通った。「何をしているのですか？」と訊かれたが、名刺を出して「夜の浅草を取材している」と言うと、納得して行ってしまった。

十二時一分前、浅見は動きだして、ジャスト零時に着くように、昼間、セイントがいたプラタナスの場所に行った。

誰もいなかった。街灯に照らされて、付近はけっこう明るい。人影があれば見えないはずはなさそうだ。

浅見はしばらくは、そのままの位置で待ってみた。

五分、六分……時間は経過してゆく。

（騙《だま》されたかな――）と思った。セイントのような、虚無的な生き方をしている人間に、常識人の誠意を期待したほうが間違っていたのだろうか？

それでも浅見は、トコトン待つつもりで来ていた。それに、常識で判断しようとしている自分が、そもそもおかしい――という気持ちもあった。常識を捨ててしまえば、何が起こっても不思議はない。

浅見はプラタナスの根方に座り込んだ。こうなったら長期戦だ――と腹を据えた。

膝小僧を抱えて、膝の上に額を載せ、じっとしていると、いつのまにか眠りかける。

眠ってはいけないと思うのも、また常識というやつか――などと考えると、おかしくなる。なるほど、世間の常識に囚《とら》われずに生きるというのは、これでなかなかむずかしいものだ——と思った。

セイントはこういう生活を、もうどのくらい続けているのだろう？　彼からは、見すぼらしさや、哀れっぽさといったものが感じられなかった。あれは達人の境地かもしれない。ああなるまでにはよほどの「修行」がなければならないのだろう。

そんなとりとめもないことを考えているうちに、ほんとうに眠った。

気配を感じて目を開けると、目の前に黒い影が立っていた。三人……いや、五人。セイントではなかった。

浅見は本能的に身の危険を感じて、木によったまま、身構えた。

尻を地面に落とした格好で、「襲撃者」たちを見上げるというのは、恐怖に満ちた体験であった。周囲の連中が信じられないほど巨大にみえるものだ。横浜かどこかで、浮浪者が少年の集団に襲われ、殺されるという事件があったが、そのときの彼の恐怖がひしひしと実感できた。

「こい」

正面の「影」が言ったらしい。誰が喋ったのか、正直なところ分からなかったが、浅見はとにかく起き上がって、連中のあとについていった。

どこをどう歩いたかは、残念ながらここに書くわけにはいかない。それがあとで浅見とセイントのあいだに交わされた約束である。

歩いた距離はほんの五分ほどである。樹木が数本立ち、石塀の向こうは何かの公共的な建物らしい。その塀を背景にして、セイントはほかの三人の黒い影とともに、うずくまっていた。

この辺は街灯が遠く、セイントの、鬚で囲まれた顔が、ぼんやり闇の中に浮かんで見える程度であった。

「そこに」とセイントは言った。浅見はセイントと向かい合う地面に、やはり尻を落として座った。そういう知識はないのだが、この体勢からだと、相手を襲撃しにくい。相手に害意のないことを示すポーズであることを、浅見は思った。

「言え」

セイントが誰にともなく言った。

「ああ」と応じる声は、向かって右隣の男から出た。

「浜離宮でよ、船から人間を投げるのを、見たよ」

いきなり、恐ろしいことを話した。浅見はすかさず、訊いた。

「それはいつのことですか？」

「池沢さんの結婚式があった四月五日の夜ですか?」

「…………」

男は黙ったままだ。

「どうなんですか? それより前ですか、後ですか?」

「…………」

「無駄だ」

セイントが言った。

「日にちの観念が、ない」

浅見は「あっ」と思った。それに、自分がきわめて無駄なことをたしかめようとしていることを悟った。船から人間が投げられた——だけで充分すぎるほど充分ではないか。ここは法廷でもなければ、もちろん取調室でもないのだ。それ以上、何を確認しなければならないというのか——。

「二つ、落ちたよ」

男はポツリと言った。一瞬、意味が受け取れずに、浅見は戸惑った。「えっ?」と問い返した。

「二つの死体が投げられたそうだ」

セイントは通訳するように言った。

「それだけだ。それ以外には、誰からも何も出なかった」

言うと立って、塀から離れた。二人が後に続き、ほかは思い思いの方角に散り、闇の街に消えた。急ぐ様子はなかったが、確実に見えなくなった。

浅見はずいぶん長いこと、そのままの姿勢を続けた。それから苦労して道を探し、ソアラのある場所に辿《たど》り着いた。

浅見までもが、時間の観念を失ったような気分だった。

時計の数字は「二時三十五分」を示していた。浅見の大嫌いな丑三《うしみ》つ刻《どき》に、彼らと会ったらしい。そういえば、まったく「あれ」は、この世のものとは思えなかった。

浜離宮だったという。

船から死体を投げたという。

死体は二つ――だったという。

「二つ？……」

浅見は夜の街を走りながら、フロントガラスの向こうに問いかけた。

あの男は、浜離宮の岩壁近くでその光景を目撃したのだろう。

暗い闇の中でも、どうやらあの連中の何人かは目が利《き》くらしい。相手は、よもやそんなところに——と安心して死体を捨てたにちがいない。

それはいい——。

しかし、その「死体」はいったい誰なのだろう？

その一つは佐々木辰子だったのか？

浜離宮の岩壁から銀座ヨットハーバーまでは、築地川の端から端まで、およそ六百メートルはある。潮の干満によって死体が移動したとしても、はたしてそこまで、死体が流れ込む可能性があるものだろうか？

そう考えた時、浅見は「執念」を想った。あるいは怨念《おんねん》というべきかもしれない。謡曲「隅田川」の梅若丸のように、佐々木辰子は、ここで殺されたという、その事実を、どうしても誰かに報《し》らせたかったのだ。——池沢のバッジを口に含みながら——である。

潮の干満なんかより、その執念の力が、彼女の死体を押し流したのだ——と、浅見はひどく非科学的な気分になっていた。

辰子の執念は、池沢を名指しした。こんなことを警察に報らせれば、池沢はますます不利な状況に陥るかもしれない。浅見自身、ひょっとすると池沢が犯人では？——と、疑いたくなるほどなのだ。

公平に見て、何も先入観をいだかず、状況だけから推定すれば、やはり池沢に容疑を向けるのは、当然の帰結だ。

だが浅見はまず、池沢は犯人ではあり得ない――という前提に立つことに決めている。断固として――である。そうとでも思い込まなければ、ほかに考えようがない。常識を超えた妙案など、浮かびようがない。

帰宅したのは午前三時過ぎ。恐怖のお手伝い・須美子嬢を起こさないように、車のエンジンやドアの開閉に気を遣い、できるだけそっと入ったつもりなのに、玄関に雪江が出ていた。

「どうだったの？」

赤ん坊のころにも聞いたことがないような、優しい口調で訊かれ、浅見は面食らった。

「はあ、なんとか収穫がありました」

「どういう収穫？」

「死体が二つ、浜離宮前の岩壁近くの隅田川に、投げ込まれたらしいのです」

「まあ、隅田川に……」

雪江は寒そうに肩をすくめた。

「死体が二つというのは、どういうことですか?」

「一つはたぶん、銀座ヨットハーバーの底から発見された佐々木辰子さん……池沢さんの奥さんの遠縁とかいう、その女性だと考えていいでしょう」

「では、浜離宮前から、流れて……ということなのね?」

「はあ、ちょっと信じられませんが、そういうことだと思います」

「もう一つは?」

「分かりません」

「嘘をつきなさい」

「は?……」

「分かってはいなくても、想像はついているのでしょうに」

「はあ……ことによると、津田隆子さんではないかと……」

その時、「坊ちゃま」と非難の声とともに、須美子が現われた。眠そうな目で、「いま何時だと思って……」と言いかけて、雪江の存在に気付いて、びっくりして、タヌキのような目になった。

第五章　浅見光彦の遭難

1

東京湾は埋め立てが進み、どこからどこまでが、はたして東京湾なのか、判然としなくなってはきているけれど、浜離宮前あたりが、東京湾の北端といっていいだろう。浜離宮の隣の中央卸売市場からは、すでに隅田川が始まっている。

浜離宮の岸壁は、直接隅田川に面しているわけでなく、隅田川から水門を入ると、もうひとつの水域がある。浜離宮の東、南、西の三面は掘割に囲まれた格好だ。

東側の掘割が築地川で、その最奥部に銀座ヨットハーバーがあった。

水上バスの浜離宮発着場は、この築地川の南の端近くにある。その先の岸壁を直角に折れて、隅田川と平行する南側の掘割の底から、津田隆子の死体が上がった。

隆子の死体は首と胴体と足の三箇所に、コンクリートブロックが針金で縛りつけられ、川底のヘドロになかば埋まるように、沈んでいた。

浅見は、そこに死体が沈んでいる可能性があるので、捜索してもらいたい——と、築地署の前川に進言はしたが、その情報の出所については絶対に教えなかった。むろん警察は情報源を問い質《ただ》したが、浅見はがんとして拒否した。もともと、そういう約束で情報を提供したといってもいい。

隆子の死体は腐乱状態がひどく、すでに死後、かなりの日数を経ていることは明らかだった。おそらく佐々木辰子と同時期に殺害されたものと、警察も判断した。

浅見はもちろん、池沢を「救出」するために動いているのだが、津田隆子の死体がそこから発見されたからといって、それだけで、池沢に対する警察の容疑が晴れるというわけのものではない。

それどころか、実況検分や家宅捜索が進むにつれて、池沢に不利な証拠がいくつか発見されたのである。

まず、死体に縛りつけられてあった隆子のハンドバッグの中に、池沢のイニシャル「E・I」入りの万年筆があった。池沢自身、その万年筆が自分のものであることを認めた。しかし、その万年筆はかなり以前に紛失したもので、それが隆子の手にどうして渡ったのか、それは知らないということだった。

また、死体のあった場所を浚渫《しゅんせつ》したところ、津田隆子殺害に用いたと思われる飛び出しナイフが発見された。そのナイフにも「E・I」のイニシャルが彫り込まれていた。

死体発見から三日目、前川部長刑事が浅見のところにやって来た。警察がこれまでに行なった、捜査状況の報告をしてから、気の毒そうに言った。

「おまけに、佐々木辰子の口の中の会員章ですからなあ。どう考えても、池沢の容疑は固いところでしょう」

「しかし、あまりにも証拠が揃《そろ》いすぎているのは、不自然だとは思いませんか？」

浅見はかえって、そのことが池沢の潔白を証明していると思うのだが、前川は「証拠重視主義」だと主張する。

「証拠が何もないよりは、証拠があったほうを疑うのは当然でしょう」

前川は胸を張った。

「そうですかねえ、真犯人がそんなに豊富な証拠を残してゆくものですかねえ」

浅見がいくら言っても、前川の――そして警察の信念をうち砕くのは難しそうだ。

「まあ、浅見名探偵が真犯人を指摘してくれれば、話はべつですがねえ。それとも、今回の情報の出所を教えてくれるか、どっちかですなあ」

そうでないかぎり、池沢の容疑は固いですよ——と言って、前川は意気揚々と引き上げて行った。

このぶんだと、池沢の起訴は動かしがたい状況になってきた。いや、それどころか、まかり間違うと、有罪判決が出される可能性だってないわけではない。

「どうなるのかしらねえ」

雪江も心配して、次男坊の部屋をちょくちょく覗《のぞ》く。

「なんとかします」

浅見はそのつど、そう答えた。

「自信はあるの？」

「ありませんが、何か打開策を考えます」

「頼りないこと……」

雪江は不安そうに捨て台詞《ぜりふ》を残して去る。そのくせ、またしばらくすると、「どうなの？」と、名案の誕生を期待して、やって来るのだ。

二人の被害者の死に方の違いが、浅見は気になっていた。津田隆子だけが、なぜ重しをつけて沈められたのか？

佐々木辰子のほうは、なぜそうされなかったのか？

そのために、同じ場所に沈められながら、辰子だけが銀座ヨットハーバーの底に流れ込んでしまった。

それと、辰子の口の中のバッジである。それが何を意味するものなのか、その謎の答えは、すぐそこに見えていそうで、なかなか見えてこない。そのことが浅見を苛立《いらだ》たせた。

かりに、池沢が犯人ではないとして——もっとも、浅見はそう信じるところから「捜査」をスタートさせているのだから、いまさら「かりに」という前置きは無用なのだが——なぜ、辰子の口の中にバッジがあったかを説明しようとすると、辰子が自分の死を賭《と》して、池沢を罪に陥れようとしたためか、あるいは真犯人が辰子の口に押し込んだのか——その二つのうちのいずれかとしか考えられない。

池沢の犯行を示唆する証拠は、津田隆子の所持品に充分すぎるほどあった。もし、その上になお証拠を残したいのであれば、むしろ隆子のバッグに入れておいたほうが、発見される可能性が強い。

辰子の口の中に入れたのでは、流失するおそれのほうが強い。流失させないためには、辰子自身の意志で、口をしっかり結ぶか、口中深く飲み込むかしないかぎり、困難なのではないだろうか？

（おかしいな――）と、浅見は辰子の口の中にバッジがあったという、そのことに思念を集中した。

何か不自然だと思った。だが、不自然の正体がやはり、なかなか見えてこない。

そもそも、辰子はそんなにしてまで、池沢を陥れなければならないほど、池沢を恨んでいたのだろうか？

池沢の妻が自殺したのは、妻を顧《かえり》みなかった池沢にも、あるいは責任の一端があるのかもしれない。妻の最期《さいご》の時に立ち会った辰子は、たしかに、池沢への妻の怨《うら》みが乗り移っていたのかもしれない。だとすると、津田隆子を殺し、その罪を池沢になすりつけようとした――という構図も、安手の推理小説の上でなら、考えられないわけではない。

しかし、だからといって、現実に辰子が妻に代わって怨みを晴らすようなことをするものだろうか？　しかも、自分のいのちを捨ててまでも――である。

（違うな――）と浅見は思った。

辰子がもし、自分の意志でバッジを口に入れたのだとすると、それには、まったくべつの目的なり動機なりがあったと考えるべきなのだ――。

なぜなら、池沢はあくまでも佐々木辰子を殺害した犯人ではないのだから。

ここが浅見にとっては重要なところだ。

池沢が犯人かもしれない――という不安や疑惑をはっきり切り捨てなければ、見えるものも見えてこない。それは分かっている、分かっているけれど、いくらそう思い込もうと頭の中で考えても、そのふっ切りが、浅見にはなかなかできなかった。

「池沢は無実だ!」

浅見は、修験者《しゅげんじゃ》が呪文を唱え、「えいっ」とばかりに九字《くじ》を切るような仕種《しぐさ》をして、一切の迷いを吹き飛ばした。

その途端、真っ暗な頭の中のスクリーンに、一つの疑問がポッと点灯した。

(津田隆子は、なぜ池沢と結婚しようとしたのだろう?――)

これこそ、もっとも素朴で、もっとも根源的な「不思議」であった。

2

津田家には、これが三度目の訪問になる。前二回の経験からいって、門前払いさえ予期していたのだが、隆子の母親は浅見を迎え入れてくれた。むしろ、その無気力ぶりが気掛かりなほどだった。

浅見は型通りに焼香をすませ、応接間で母親から話を聞いた。

「隆子は池沢さんの信念に惹《ひ》かれたのだと思います」

隆子の母親は、すっかり憔悴《しょうすい》して、涙ながらにそう述懐した。

「隆子が池沢さんをはじめて知ったのは、池沢さんが浅草の再開発のことで、シンポジュームというのですか、そういう集まりがあって、そこにお見えになって、お話しなさった時だそうです。あの子は『目からウロコが落ちたみたい』と言って、ずいぶん興奮していました。それまでも、あの子はどちらかというと、浅草はこのままでいいのだろうか——と、いつも思っていたほうでした。でも、勤め先が地元の信用金庫でしたから、そういうことは一切、口にしてはいけなかったのです。それが、その時、池沢さんの意見を聞いたものだから、あ、これだ——と思ったのでしょうねえ。それ以来、ひそかに池沢さんに好意を抱《いだ》きつづけていたのだと思います」

池沢の信念や情熱が、浅草の将来を憂うる人々に共鳴されるのは、区役所の小島を見れば明らかであった。隆子が池沢のそういうところを尊敬し、愛したとしても、何の不思議もない。

「隆子は、はげしい気性でしたから、男の人とのお付き合いは、ぜんぜんうまくいかなかったようです。男女同権などと言っても、なかなかそうもいかないところがありますものねえ。歳《とし》も三十六になったし、本人はもう、結婚はしないつもりでいたようですけれど……」

その独身主義をかなぐり捨てて、隆子は自分より十五歳も年上の池沢に嫁ぐ決心をしたのだ。

ところで、隆子が池沢と結婚することに異を唱える者は、まったくいなかったのだろうか？

「たとえば、池沢さん以外に、隆子さんと結婚したいというか、恋愛関係にあるようなライバルは、まったく存在しなかったのですか？」

「ええ、おりませんでしたよ。生意気な女——だとか、そんなふうに思われていたくらいですからね」

「それ以外に、隆子さんの結婚に反対するような人はいませんでしたか？」

「さあ……いなかったと思いますよ、そんな人」

しかし、存在したのだ——と浅見は思った。隆子が「女性」として世の中にデビューしてから——それがかりに二十歳からだとして——すでに十六年にもなる。その十六年のあいだには、いろいろなことがあったはずだ。男性経験だって、ないとは思えない。ただ母親が知らないだけなのだろう。そうでなければ「事件」は発生しない。

それにしても、隆子が池沢と結婚しては都合の悪い人間とは、いったいどういう人間なのだろう？

隆子が池沢と結婚するということは、彼女にとって……あるいは彼女の周囲の環境にとって、どういう状況の変化をもたらすものだろう？

「失礼ですが、津田家としては、隆子さんが結婚しては困るというようなことが、何かあったのでしょうか？」

浅見は母親に訊《き》いた。

「いいえ、とんでもない。それどころか、あの子が片づいてくれれば、親としても津田家としても、それにまさることはありません」

「たとえば財産分与などの問題は、いかがでしたでしょうか？」

「そんなものは、争いの種になるようなことは何もありません」

「勤め先ではどうだったのでしょう？　トラブルはなかったのでしょうか？」

「もちろんありませんよ。地元の信用金庫ですからね、うちの店もいろいろお世話になることがあるし、先方さんにとっても、うちはささやかながら顧客先です。おたがいさまで仲良くやっておりますもの」

「池沢さんは浅草を改革しようという考え方の人でしたが、こちらのような老舗《しにせ》のお嬢さんが、池沢さんと結婚されると、保守的な人たちの中には、面白くない人もいるのではありませんかねえ？」

「そりゃあいるかもしれませんけど、だからってあなた、隆子を殺すような人がいるわけないでしょう」

母親は目に涙を浮かべながら、まるで浅見が、娘を殺した犯人でもあるかのように、ムキになって言った。

「そうですね、おっしゃるとおりです」

浅見は頭を下げた。

津田家を出て、浅見は松屋デパートに入った。セイントに何か、お礼の品を——と思った。セイント自身は、そんなものは受け取らないかもしれないが、仲間たちはそうではないだろう。

その仲間のためには、やはりアルコール類がいいのだろうか？　それとも、保存のきく干菓子のようなもののほうがいいのだろうか？　考え始めると、これは結構、むずかしい買い物であった。

ブラブラ店内を歩いていると、女店員同士が妙な会話を交わしているのを聞いた。

「ハノジ」

「はいどうぞ」

そういう会話である。「ハノジ」と言ったほうの店員は、スッと売り場を離れて、どこかへ行ってしまう。

（ああ、これがデパートの符牒《ふちょう》だな――）と浅見は気がついた。「ハノジ」というのは、たぶん食事にでも行くという意味なのだろう。そういうものがあることは知っていたが、実際、目撃するのは、これがはじめてのことだった。

面白いことに、符牒を交わした二人は、なんとなく得意げな様子であることだ。音楽関係者が「さかさ言葉」を使って、素人《しろうと》と一線を画し、得意になっているのと、どこかあい通じるものがあるのかもしれない。

微笑《ほほえ》ましく思いながら、その場を離れかけ、次の瞬間、浅見は電気に触れたようなショックを感じた。

――スケンヤ――

佐々木辰子のアパートの管理人のおばさんが言っていた言葉が、脳裏《のうり》に大きく映し出された。

浅見は目の前にいる女店員に声をかけた。

「ちょっと訊きますが……」

女店員は「いらっしゃいませ」と愛想よくお辞儀をした。浅見は多少、気がひけながら、それでも訊いてみた。

「スケンヤという言葉を知りませんか？」

「は？……」

店員はびっくりして、少し身を引いた。浅見をアブナイ人種だと思ったらしい。

「さっき『ハノジ』と言っているのを聞いたのですが、あれは『食事へ行く』とか、そういう符牒なのでしょう。それと同じような符牒で『スケンヤ』っていうの、ありませんか？」

「ああ、そういうことですか……」

店員は安心したが、「でも、そんなのはありませんけど」と首を横に振った。

浅見はちょっと失望したが、諦《あきら》めはしなかった。

「そういう符牒は、デパートによって違うのですか？」

「ええ、違うと思いますけど……でも、ほかのところのことは知りません」

「そうですか……いや、どうもありがとう」

浅見は近くの公衆電話に入ると、伝手《つて》を頼りに、あちこちのデパートで使われている符牒について、調べまくった。

デパートの店員同士が、お客に分からないように交わす、このての符牒はさまざまである。たとえば、トイレに行くのを「エンポウ」、煙草を一服吸いに行ったり、コーヒーを飲みに行ったりするのは「サンサン」だとか「ツキアタリ」へ行くなどと言う。食事はその時どきによって、「ノジ」「サンノジ」「ヨンノジ」などと言うのが一般的だそうだ。お客からの苦情を「クバン」と呼ぶところもある。

そうして、ついに浅見は、「スケンヤ」の正体を突き止めた。池袋のRデパートで、食事を意味する符牒として、「スケンヤ」を使っていることが分かったのだ。

もっとも、そのことが分かったからといって、べつにどうということはないのかもしれなかった。

だが、浅見はこの「スケンヤ」にこだわった。

あの佐々木辰子にも、アパートに電話してきて、「スケンヤ」などという、いささか軽薄とも思えるような符牒を言いあって、ケラケラ笑いながら話す相手がいた――そのことに、何か不気味な予感に似たものを感じるのだった。

浅見はその足で、辰子が生前勤めていたF物産を訪ねた。F物産の園部庶務課長は、浅見を憶《おぼ》えていて、まるで疫病神《やくびょうがみ》を迎えるような顔をした。

「佐々木さんはたしか、池袋のRデパートへ応援に行ったことがありましたねえ」

浅見は訊いた。

「ああ、Rへはちょくちょく行きましたけど、それが何か？」

「ええと、それは何売り場だったのか、分かりませんか？」

「そりゃ、調べれば分かるが……ああ、あそこは食料品売り場ですよ。うちからの納品は全部食料品でしたからね」

「こちらからは、佐々木さんのほかに誰が行っていたのですか？」

「いや、佐々木さんだけですね。佐々木さんがああいうことになって、いまはちょっと人材がいなくて、困っているところです。誰かいい人がいたら、紹介してください」

園部は余計なことを言った。

デパートの売り場には、そのデパートの正規の店員（社員という）とメーカーなどからの派遣店員（応援社員という）がいるが、じつは、正規の店員よりもそういう派遣店員のほうが多いということを、浅見ははじめて知った。ある売り場では、「社員」が十二人であるのに対して、「応援社員」が五十人というケースもあるそうだ。

佐々木辰子は取引先のメーカーに頼まれたりして、ほうぼうのデパートや売店などに出張していたということだ。

浅見はRデパートを訪ね、「佐々木辰子の親戚の者」という触れ込みで、食料品売り場の主任に会った。

「辰子はこちらの売り場でたいへん楽しく働かせていただいていると、よく話しておりました。なんでも、ごく親しいおともだちも出来たとかいうことでしたが、その方にお礼を申したくて参りました」

そう言って、その「ともだち」が誰なのか、調べてもらった。

「ああ、それだったら瀬沼京子のことでしょう」

主任は言下に答えた。

「瀬沼とは同じ応援社員同士で、歳も同じくらいで、気が合ったらしく、仲よくしていたみたいですよ。それに、ここの売り場だけじゃなくて、浅草の松屋さんなんかでも、ときどき一緒になるとか言っていましたね」

「えっ、浅草の松屋ですか？」

「ああ、二人ともあっちのほうに住んでいたのじゃなかったですかねえ」

主任は詳しいことは本人に聞いてくれと、瀬沼京子を呼びに行った。

瀬沼京子は美人であった。美人だが、明らかに整形美容による、いかにも作られた美貌――という印象だ。鼻筋がガラス細工のように細く、まぶたの窪《くぼ》み方も不自然だ。しかし、それはそれとして、やはり美しいにはちがいないのだろう。浅見などは、とても好きにはなれそうにない。小松美保子の、あまり化粧気さえないようなのが、浅見の好みだが、こういう美貌でもありがたがる人種はいるということか。

「佐々木さん、ほんとうにかわいそうでしたよねえ。ひどいことをするヤツがいるもんだわねえ……」

瀬沼京子はそう言って、長いまつげの奥に涙を浮かべた。

「ずいぶん親しくしていただいたそうで、家族の者たちは感謝しております。なにぶんああいうおとなしい性格で、お付き合いもごく狭かったものですから」

浅見は礼を言って、秋田の実家から、心ばかりの品をお送りしたい――と、京子の住所を訊き出した。

「そんな、気を遣わないでください」

京子は遠慮しながらも、住所を教えてくれた。

――台東区浅草四丁目――

「えっ？　浅草ですか……」

浅見は思わず訊き返した。

「ええ、そうですよ。偶然ですけど、佐々木さんの住まいのすぐ近くだったのです」

京子の家は「吾妻羊羹《あづまようかん》」というのを製造販売している。浅草周辺には、「雷おこし」「人形焼き」「言問団子《こととい だんご》」など、江戸時代から知られた名物があるが、「吾妻羊羹」もその一つだという。

「それじゃ、老舗のお嬢さんですか」

浅見は京子の虚栄心をくすぐった。

「やだ、お嬢さんなんて……ただの行かず後家みたいなものですよ」

「えっ？　じゃあ、まだお独りですか？　こんなに美しい女性が……」

浅見は「もったいない……」という想いをこめて、言った。

「だって、辰子さんだってそうでしょう。いまどき、女だからって結婚しなきゃならない法律はないんですから」

京子は言って、ケラケラと笑った。いかにも下町の女らしく、開けっぴろげで、陽気な性格らしい。辰子が「ともだち」に選んだ気持ちも分かるような気がした。

「この売り場だけでなく、水上バスの売店でもご一緒したようですが」

「えっ？　あら、よく知ってますね、そうなんですよ」

浅見は心臓がドキンとした。カマをかけて訊いているのだ。「そんなことはありません」と言われたら、格好がつかない。

「たしか、四月五日もご一緒だったとか」

「は？……」

瀬沼京子は一瞬、怪訝《けげん》そうな顔をした。言われてすぐには、その日がどういう日だったか、思い出せなかった様子だが、すぐに何かに気がついたらしく、サッと顔を曇らせた。

「そう、ですね……そういえば、たしかにそうだったような……」

言いながら、ありありと警戒の色を強めてゆくのが分かった。

「でも、どうしてそんなことを？……」

ふいに、京子は、反撃するように訊いた。

浅見の頭の中では、京子の見せた反応を解析する作業が、猛烈なスピードで繰り広げられた。

「その日に、水上バスで妙な出来事があったのだそうですよ。その事件のこと、瀬沼さんはご存知じゃありませんか？」

浅見は京子の表情を読みながら、たんたんとした口調で言った。

「えっ？　ええ……いいえ、知りませんよ、私は」

京子は狼狽《ろうばい》して、言葉が乱れた。

「え？ そうですか、ご存知なかったのですか？ それはおかしいですね、辰子は知っていたのですがねえ……いや、妙な事件だったそうですよ。やはり浅草の人なのですが、津田さんという女性が、結婚式に向かう途中、消えてしまったのだそうです。そうそう、その彼女が、このあいだ浜離宮の岸壁の下で、殺されているのが発見されたのですが、そのことはご存知でしょうね？」

「え？ ええ、それはまあ……」

京子は仕方なさそうに頷《うなず》いて、「そろそろ行かないと」と時計を気にした。浅見は構わず、強引に言った。

「そうだ、津田さんも浅草の老舗の娘さんでしたね。だったら、瀬沼さんもお付き合いがあったのじゃないですか？」

「いえ、知りませんよ、私は……とにかく、そろそろ時間ですので……」

「そうですか、それは残念です。また辰子の話をお聞きしに、こんどはお宅のほうへ伺うことにします」

浅見は別れの挨拶をした。その際、京子の指に嵌《はま》っている粒の大きなダイヤモンドを見逃さなかった。

3

津田隆子、佐々木辰子、瀬沼京子——この三人の女性はほぼ同年配、そして未婚という点で共通性がある。さらにいえば、同じ浅草に住んでいるし、ベースになる仕事場も浅草だ。

辰子と京子の結びつきは分かった。しかし、隆子がその二人と、何かの繫《つな》がりがある形跡は、いまのところ見えていない。ただ、あるのは、四月五日、水上バスの上で同時に存在したということだけだ。

津田隆子の消失劇の際に、辰子と京子が手品の「仕掛け」として動いたことは、間違いない——と浅見は信じた。

手品師が辰子一人の場合は、隆子自身が「仕掛け」として動かなければ、消失トリックは成立しないが、京子というアシスタントの存在によって、隆子は単なる道具であっても消失は可能だ。

ただし、その場合、隆子はその場で「物体」と化していた可能性もある。隆子が生きて水上バスを降りたのか、それとも死んで降りたのか、それは辰子と京子の、手品への関わり方が分かれば解明できる。

その一人の辰子は死んだ。とすれば、残る京子こそが、手品のタネ明かしの出来る人物ということになる。

しかし、隆子とほかの二人――辰子と京子との繋がりがないのなら、手品は行なわれる意味も必然性もないのではないか。

それにもかかわらず手品が行なわれたのは、「隆子――辰子・京子」という図式の「――」の部分を補塡《ほてん》する、第四の人物の存在を示唆するのではないだろうか？……

これが浅見の着想であった。

隆子とも知り合いだし、ほかの二人（あるいは一人）とも知り合いである、第四の人物が、必ず存在するはずだ。

浅見はともかくも、瀬沼京子の身辺を調べることにした。刑事ではないので、こういう作業には苦労する。

京子の家「吾妻羊羹本舗」は、比較的交通量の少ない通りに面していて、そのぶん、内情は苦しいらしい。浅草では仲見世《なかみせ》商店街からはずれると、閑古鳥《かんこどり》が鳴《な》くような寂しさなのだ。老舗の「お嬢さん」を派遣店員に出さなければならないというのは、そのあたりの消息を物語っている。

もっとも、京子は毎日、Rデパートへ詰めているというわけではないらしい。店も開いている以上、客の応対をする人間が必要な道理だ。

浅見がRデパートへ行った翌日、京子は自宅の店に出ていた。浅見が車で通過しながら、チラッと覗いた様子では、なんだか浮かない顔をしているように見えた。

その次の日、京子は店先に姿が見えなかったが、Rへ行ったわけではない。Rに電話してみると、「本日は定休日です」という、録音された声が返ってきた。

浅見は通りに車を停めて、「吾妻羊羹本舗」を見張った。

午後二時頃、軽四輪の車がやってきて、店の前で停まった。助手席から京子が降り立ち、運転している男と挨拶を交わして、店に入った。

車はすぐに走りだして、浅見のいる前を通過した。そのまま行くのかと思っていると、十軒ばかり先の雑貨屋の前で停まり、男が降りて、その店の中に入った。腰を低くして、店先のおばさんに挨拶している。

その店を出ると、また少し先へ行って、道路でのんびり空を見上げている老人にも、愛想を言っている。

そういう人と人の触れ合う風景は、いかにも下町らしいのどかさだ。

浅見は、ぼんやりと眺めていながら、その愛想のいい男の素性をあれこれと思い描いてみた。

男は四十歳ぐらいだろうか、きちんとダークスーツを着て、ワイシャツの襟も真っ白だし、たぶん、浅見のような浮き草稼業ではない、ごく真面目な職業にちがいない。

そう思ったとき、浅見はギョッとして、思わず「あっ」と叫び声を上げた。

（そうか、信用金庫か――）

その瞬間、いままで見えていなかった風景が、いま目《ま》のあたりにしている現実の風景と同じようにはっきりと、浅見の脳裏に映し出された。

男の車が行ってしまうのを待って、浅見は車を降り、雑貨屋のおばさんのところへ歩いて行った。

「ちょっとお訊きしますが、いま行った人は、たしか信用金庫の人ですよね？」

「ええ、そうですよ、東江信用金庫の安藤さんですよ」

おばさんは何の疑いもなく、ニコニコして答えた。

「あ、そうそう、安藤さん。あの人は腰の低いいい人ですねえ」

「そうねえ、だけど商売は上手だわよ。気をつけないと、売り上げ、みんな預金させられちゃうんだから」

おばさんは「けっけっけ」と、妙な声で笑った。

浅見も笑いたい心境だった。東江信用金庫はなんと、津田隆子の勤務先なのだ。これで「隆子――辰子・京子」の「――」の部分、そして「ともだちの輪」の欠落していた部分が完成したことになる。

東江信用金庫浅草支店は、松屋デパートから信号を渡った、雷門二丁目にあった。下町では、大銀行などよりはこういう店のほうが気さくで付き合いやすいのか、店の中は商店主らしいおっさんや、おばさんで賑《にぎ》わっていた。

その中で、浅見はちょっと手の空いている女店員をみつけて、「安藤」のことを訊いてみた。

「ええと、安藤さんは何課でしたっけ?」

「安藤といいますと、融資係長の安藤でしょうか?」

「あ、そうそう、安藤さんは係長さんなのですか」

「ええ、そうですけど……あ、安藤係長、お客さまです」

女店員は手を上げて、浅見の背後に向かって呼んだ。

(いけね――)

浅見は一瞬、彼女に気付かれない程度に顔をしかめた。

「はい、どちらさま?」

安藤はすぐにこっちへ向かってきた。もはや逃げようがなかった。

浅見は振り返って、笑顔で頭を下げた。安藤のほうは見憶えのない相手に、戸惑っている。客の顔を失念するというのは、致命的な失態になりかねない。

「あの、まことに失礼ですが、どちらさまでございましたでしょうか」

最大級、丁寧な言葉を使った。

「浅見といいます。はじめてお会いする者ですよ」

浅見は肩書のない名刺を差し出した。

「あ、そうでしたか……」

安藤も名刺を出しながら、道理で——というのと、いまいましいのが一緒くたになったような複雑な笑顔をみせた。

「で、何かご用でしょうか？」

名刺に肩書がないので、いくぶん客を軽く見たような口調になっている。

浅見は、もらった名刺の「東江信用金庫浅草支店融資課融資係長　安藤弘光」を時間をかけて読み下した。

ふと、（どこかで見た名前だな——）と思った。安藤弘光という知人がいたか、思い出そうとしたが、だめだった。

「べつに、大した用ではないのですが」

浅見はできるだけ狡猾《こうかつ》に見えるように装って、言った。

「津田さんに話を聞きましてね」

「津田さん？」

「ええ、津田隆子さんですよ。このあいだ隅田川で……」

「あ、ちょっと」

安藤は顔色を変えて制止すると、「あちらへどうぞ」と、先に立って歩いて行った。

ロビーの脇のドアを入ると、そこは応接室になっていた。

「津田隆子さんが亡くなった事件のことは、もちろん存じておりますが、なにぶん店ではいろいろと、お客さんも大勢いらっしゃいますので……」

安藤は弁解がましく言ってから、体勢を整えて、「津田さんのその事件がどうかしたのですか？」と訊いた。

「僕はルポライターをやっているのですが、津田さんが殺される前に、ちょっと会いましてね、話を聞く機会があったのですよ」

浅見はそれだけ言って、吸いもしない煙草を出し、口に銜《くわ》えたまま、天井《てんじょう》を仰いだ。

安藤はほとんど反射的にライターを出して、火を点《つ》けた。

「それで、あの、そのことが何か？」

安藤は火を点けた行為をいまいましく思い返したらしく、少し背を反らすようなポーズを取った。しかし、安藤は津田隆子の名前に対して、あきらかに負い目のあることを示した。

浅見はニヤリと笑った。充分、すごんでみせたつもりだが、もともと坊ちゃん坊ちゃんした顔では、それほどの効果は期待できなかったかもしれない。

「いや、まあ、きょうのところは、これくらいにして帰りましょう」

本音を言えば、安藤を追及する、具体的な材料は何もないのだ。ボロが出ないうちに引き上げるにかぎる。それに、ソアラの駐車違反も気になっていた。

浅見が立って、ドアを出るのを、安藤は憎悪に満ちた眼で睨《にら》んでいた。椅子《いす》から立たなかったというのは、浅見を「客」でないと判断したからにほかならない。

案の定、タイヤにはチョークの白い線が引かれ、あぶないところだった。

浅見は車を走らせながら、さっきから胸元に引っ掛かっている、トゲのようなもののことを考えていた。

（どこかで見た名前だな……）

安藤弘光——

なかなかいい名前である。成功しそうな立派な名前だ。人の上に立つ名前と言ってもいい。そこへゆくと、浅見光彦なんて、いかにも軽々しい。

そうか、「光」という字が共通なのか——と気がついた。それで見たような記憶があるのだろうか？——

そう思った直後、連想が走った。ついひと月ばかり前、新聞を見ていて、同じように感じていたのを思い出した。その時もやはり、「光」の字が共通だな——という、とりとめもない感慨を抱いたが、すぐに忘れた。その時は、愚にもつかない、どうでもいいことだったからだ。

だが、その記憶はじつは重要な意味をもっていたのだ。そのことに思い到って、浅見は無意識に、車を道路脇に停めてしまった。

「安藤弘光」は、銀座ヨットハーバーの最後のオーナーの名前であった。

4

役者は出揃った。舞台を構成する登場人物は、ひととおり顔を見せた。彼らの役どころも、ある程度は想像がつく。

問題は、「はじめに何があったのか――」である。

いったい、何が原因で、津田隆子は、そして佐々木辰子は死ななければならなかったのか？　そして、もう一つ――辰子の口の中のバッジの意味は何なのか？

パズルのキーワードはすべて解けたのに、肝心の、パズル全体の風景が見えない。

安藤弘光にとって、津田隆子が池沢と結婚することは、何らかの不都合があったのだろうか？　あるとすれば、どのようなことが考えられるのだろう？

隆子の結婚相手が池沢であることが不都合なのか、それとも、隆子が結婚すること、それ自体が不都合なのか――それも問題だ。

隆子が池沢と結婚すれば、当然、隆子が安藤について知っている知識が池沢の耳に入ることになる。ひょっとすると、隆子は安藤と肉体関係を含む、何らかの関係があったのかもしれない。

だとすると、安藤にとって、隆子の結婚は、自分の秘密保持のために都合が悪いばかりでなく、嫉妬《しっと》の対象であったことになる。

しかし、かりに隆子に安藤とのそういう過去があったとして、彼女はそれをあえて池沢に告白するつもりだろうか？

あるいは、安藤に何かの秘密があったとして、それを隠すために隆子や辰子を殺害しなければならないほど、重大な秘密なのだろうか？

一つ言えることは、津田隆子が水上バスから消えた時点では、辰子はまだ消される運命にはなかったか、少なくとも、彼女自身は殺されるなどと思ってもいなかった――ということだ。

だからこそ、辰子は水上バスの人間消失トリックに参加して、重要な役割を果たしていたのだろう。

とすると、事件は安藤と京子によって仕組まれ、辰子がそれに参画して、津田隆子を殺害した――というのが、第一幕だったと思っていい。

そして、第二幕は辰子の殺害だ。安藤と京子にとって、辰子は危険な存在になってきたために、消さなければならなかった――というわけである。

もっとも、辰子を殺すことは、最初からシナリオには書かれていたのかもしれない。辰子が極悪人でもないかぎり、彼女の口から第一の犯行が明るみに出る可能性はつよかったはずだから。

しかも、辰子は口にバッジを含み、犯人が池沢であることを告発する役割を負って、死んでゆくことまで、決められていたにちがいない。

そういう筋書きがあったであろうことは、どうやら見えてきた。

しかし、それではいったい、動機は何だったのだろう？

安藤はなぜ隆子を殺さなければならなかったのだろう？

その根本的な動機が見えないうちは、浅見の仮説には説得力がまるでないに等しい。

自宅に帰り着き、自室に籠《こ》もって、浅見はただその一点を見つめて考えに耽《ふけ》った。

安藤の顔と京子の顔が、交互に脳裏に浮かび、消えてゆく。

京子の指にきらめくダイヤモンドが、チラチラと思考を妨げる。

水上バスの航跡の記憶が、せっかく浮かびかけた着想を、ワイパーのように消してしまう。

波の下に津田隆子は、佐々木辰子は、怨念《おんねん》とともに沈んでいた。

その二人の上を、安藤のヨットはすべるように走って行ったのか――。

「ヨットか……」

浅見は吐き捨てるように呟《つぶや》いた。

二人の女性の怨念の上を、意気揚々と、得意げにヨットを操ってゆく安藤という男の、海蛇のような冷血ぶりに寒気がした。

それにしても、銀座ヨットハーバーとは、日本もずいぶん優雅な国になったものでではある。ほんの四十何年か前に、累々《るいるい》と死体が浮いていた隅田川に、男女の嬌声《きょうせい》を乗せたヨットが滑ってゆく——。

（まてよ？——）

浅見は、無意識にしていた貧乏揺すりを、ピタリ、止めた。

信用金庫の一支店の融資係長にすぎない男に、どうしてそんなに優雅な遊びができるのだろう？

それに、娘を派遣店員にしなければならないような「老舗」の、その娘の手に、どうしてあんな大きなダイヤモンドが輝いているのだろう？

浅見は立ち上がり、トイレに走った。ズボンを穿《は》いたまま便座の上に座り、文字どおり「考える人」の格好で思索に没頭した。

（もしかすると——）と、津田隆子の「死」の意味が見えてきた。

トイレを出て、津田家に電話をかけた。

電話には、隆子の母親が出た。浅見が名乗ると、「はあ……」と困惑したような曖《あい》昧《まい》な声を出した。

「ちょっとうかがいますが、隆子さんはご結婚したあと、信用金庫はお辞《や》めになるつもりではなかったのでしょうか？」

「え？　ええ、そのつもりだったようです。しばらく残務整理をしてから、辞めるとか申しておりました」

「ありがとうございました」

浅見は浮き立つ想いで受話器を置いた。

その受話器をふたたび握って、築地署の番号を叩いた。

前川部長刑事は留守であった。同僚らしい男が、「きょうはもう、戻らないでしょう」と言っている。

時計を見ると、いつのまにか六時を回っていた。なんだか、一刻一刻がかけがえのない時間のように、惜しまれてならなかった。それに、あの冷血な男の行動が不安だった。

浅見は電話帳を繰り、「吾妻羊羹本舗」に電話をかけた。

思いがけなく、瀬沼京子が電話に出た。ベルが一度鳴っただけという素早さだったのと、浅見が名乗ったとたん「あっ」という声を発したのとで、浅見は、たったいま、安藤からの電話があったばかりであることを推察した。

「ちょっと、至急、折りいってお話ししたいことがあるのですが。これからお邪魔してよろしいでしょうか？」

「えっ？　あの、どういうことですか？」

「安藤さんのことについて、ちょっとお耳に入れておきたいことがあるのです」

「…………」

明らかに京子は動揺している。ずいぶん長く思案して、「あの、折り返し、こちらからお電話します」と、ようやく言った。

声が震えていた。

浅見はこっちの番号を言うと、電話の前を動かずに、待った。電話がかかってきた時に、須美子でも出たひには、話がややこしくなる。

その須美子が「食事です」と呼びにきて、電話とにらめっこをしている浅見を見て、「電話から何か飛び出すんですか？」と冷《ひ》やかした。

そのあと、母親が通り、兄の二人の子供が通ったが、こっちのほうに、気の毒そうな目を向けたきり、何も言わずに行ってしまった。この家の居候のする奇矯な振る舞いには、慣れっこになっているらしい。

おそろしく長く感じたが、およそ三十分ばかりだったろう。けたたましく電話が鳴って、浅見の心臓を縮み上がらせた。

「あの、うちに来てもらっては困りますけど、どこか外でなら、お会いしても構いませんが」

瀬沼京子は、か細い声で言った。

「分かりました、それじゃどこか喫茶店ででもお会いしましょうか？」

「そうですね……どこにしましょうか……そう、隅田公園ではどうでしょうか？　吾妻橋寄りのところでは」

浅見は一瞬、躊躇《ためら》ったが、すぐに言った。

「結構です、隅田公園ですね。時間は？」

「九時……いえ、十二時にしてください」

九時と十二時では、あまりにも開きがありすぎる。電話の脇に相談相手がいることが想像できた。

浅見はまたしても逡巡《しゅんじゅん》した。明日のことにしたほうがいいかな——と思った。しかし、口のほうが勝手に喋った。

「分かりました、十二時に隅田公園の吾妻橋寄り……ですね。必ず行きます」

受話器を置いてから、全身が震えていることに気付いた。

（武者ぶるいか——）

浅見は唇を歪《ゆが》めて笑った。頬《ほお》の筋肉が硬直して、うまく笑えなかった。

5

それから二時間近くかけて、浅見は前川部長刑事との連絡に腐心した。前川は自宅に帰ったのだが、警察は署員の住所など、絶対に教えてくれないものだ。いくらこっちの住所・電話番号を伝えても、がんとして拒否した。

浅見がついに諦めたところに、思いがけなく前川から電話が入った。

「いま、たまたま署に電話したら、なんか、浅見さんという人から、自分のところに電話をくれたということなもんで……」

のんびりした声で言った。少しアルコールでも入っているのかもしれない。

「前川さん、じつは、築地川殺人事件の犯人を割り出しましたよ」

「はあ?……」

「信じないかもしれませんが、事実なのです。それでですね、それを立証するために、前川さんにも立ち会っていただきたいのです。むろん、僕一人では心許《こころもと》ないという意味もあるのですが」

「ほんとうですか、それ?」

「ほんとうです。十二時に浅草の隅田公園の吾妻橋寄りのところで、犯人と対決します。その遣《や》り取《と》りを見ていてくれれば、分かるはずです」

「ふーん……」

「どうなんですか、来るのですか、来ないのですか」

前川の煮えきらない様子に、浅見は焦《じ》れて、きつい声を出した。二時間もかけて探した苦労が、爆発しそうだった。

「そりゃ、行きます、行きますよ」

前川は浅見の剣幕に驚いて、言った。

「分かりました、十二時に隅田公園の吾妻橋寄りですな。必ず行きます。念のために、部下を二名、連れて行きましょう」

（これでよしと——）

浅見はほっとした。腕力に自信のあるほうではない。援軍が来なければ、正直なところ、どうしたものか迷っていたのだ。

だが、その安心が、浅見を死地に陥れることになった。

浅見にもし、思惑違いがあったとすると、それは隅田公園の昼と夜との落差に対する認識が欠けていたことだ。

そして、先夜、セイントと会った時のような平穏無事が、いつでも約束されていると過信していたことにもあるだろう。

日本は先進法治国家の中でも、とび抜けて社会秩序が保たれている国——とされる。しかし、現実には、その常識や過信を嘲笑《あざわら》うかのように、人間性の欠如を思わせる、凶悪で狂気に満ちた犯罪が起きている。

埼玉県入間《いるま》川《がわ》流域で連続して起きた、幼児誘拐・殺人事件。同じく足立区で起きた、女子高生コンクリート詰め殺人事件。佐賀県で起きた、中年主婦連続殺人・死体遺棄事件……と、ごく最近の事件だけでも、枚挙にいとまがない。

それにもかかわらず、日本人の多くは、自分に他人に対する悪意や害意さえなければ、身の安全や家庭の平穏は約束されていると、安心しているものである。

もっとも、こう言うと、だから自衛のための軍備は必要なのだ——と、論旨をすり替えるムキもいるから困るのだが……。

それにしても、この夜の浅見はいささか軽率であり、無謀でもあった。

瀬沼京子の電話の様子からいっても、敵に策略が用意されていることは、もちろん予測できた。

しかし——と浅見は思ったのだ。膂力《りょりょく》において、自分が安藤に劣るとは考えられなかった。安藤は身長が浅見より確実に五センチは低い。身のこなしも、さほど俊敏とは思えなかった。何よりもこっちには若さがあるではないか。

吾妻橋のたもとに立って、薄暗い隅田公園の闇を前にしても、浅見の楽観は揺るがなかった。

十二時、浅見は隅田公園の中に足を踏み入れた。

公園の中には街灯も少しはある。街の明かりは遠いけれど、樹木や柵などの形が、ぼんやりと見える程度には明るい。

危険はない――と、もう一度判断した。

不意の襲撃さえなければ、いくらでも保身は可能だ。それに、最悪の場合には、前川たちが飛び出して、助けてくれるだろう。

それにしても、さすがにプロだけのことはある――と、浅見は感心した。三人の刑事はどこに身をひそめたものか、まったく気配を感じさせなかった。

浅見はコンクリートの堤防を背にするかたちで、安藤の出現を待った。この堤防は「カミソリ堤防」と悪名高い、味もそっけもない切り立った堤防である。これによって、隅田川は都民から隔離され、すぐ近くに住んでいながら、その存在を知らないという子供を作り出すことになった。

カミソリ堤防は、機能優先、人間性無視——が轟々《ごうごう》たる音を立てて驀進《ばくしん》する時代の産物だ。そして、そういう思想が、カミソリのように薄っぺらで、触れると怖い、あぶない人間を育てたのかもしれない。

五分、十分と時間は流れた。

ふっと空気が動くような気配があって、正面の植え込みに人影が現われた。

「どうも、遅くなりました」

安藤弘光であった。

「ちょっと、周囲の様子をたしかめていたものですからね」

信用金庫の職員らしい、丁寧な口調だ。

「瀬沼京子さんは一緒じゃないのですか？」

「ええ、もう時間が遅いですからね」

安藤は植え込みから出てきて、浅見の前、三メートルばかりのところに立った。

「さて、それでは、お話というのをお聞きしましょうか」

一歩、こちらに足を踏み出しかけた。

「それ以上、近寄らないでくれませんか」

浅見は早口で言った。

「ん？……ははは、何をそんなに怖がっているのです？　若いのに」

「若いまま死にたくありませんからね」

「ははは、面白いことを言う。思ったとおり、あなたは頭のいい人のようですね」

「安藤さんほどではありませんよ」

「まあ、こんなエールの交換をしてもしようがない。とにかく話を聞かせてもらいましょうか」

「いや、聞かせてもらいたいのは、こっちのほうですよ」

「ほう、何を聞きたいのです？」

「まず、そうですね、順序から言って、いくら遣い込みをやったのか……横領というのかもしれませんが、とにかく、それから聞きましょうか」

この第一撃は効果的だった。安藤の体はまるでバットで殴られたように、ゆらりと大きく揺れた。

「何のことやら……」

「隠してもだめです。僕の推理によれば、どうしてもそういうことになる。僕が辿《たど》ってきたのは、もちろん事件の末端から、その源流へと遡《さかのぼ》る道でしたけれどね。逆に、最初の水源を知って、流れの行く先を追ってゆくと、やはり出口はそこに達していることがよく分かる。飛行機から俯瞰《ふかん》するように全体の流れが展望できるのです」

喋《しゃべ》りながら、浅見はふと、石神井川《しゃくじいがわ》を連想した。石神井川の水源で胸を突いた狂女の血が、流れ流れて音無川を紅葉の色に染め、やがて隅田川にそそぐ風景である。

ふいに、浅見の胸の中から、抑えがたい怒りが迸《ほとばし》った。

「あんたが流した欲望の汚水は、隅田川を血で染めたのだ！」

「あはは、文学的な表現ですなあ」

安藤は嘲笑《ちょうしょう》した。

「しかし、何を証拠に、遣い込みだとか、血で染めたなどと言うのです？」

「津田隆子さんを殺した動機を考えれば、容易に推測できる」

「ほう、どうして？」

「津田さんは、東江信用金庫を辞める前に、自分の関係している仕事を整理するつもりだった。しかし、彼女にそれをやられると、あんたの横領は明るみに出る。それであんたは先手を打って、津田さんを殺したのだ」

「…………」

安藤はじっと動かず、反論もしない。

「しかも、その際に、あんたは手品まがいの愚にもつかない手を使った。水上バスの中で津田さんを消し、あたかも津田さんが、自分の意志で逃げたように見せ掛けたのだ。津田さんはおそらく、瀬沼京子さんか佐々木辰子さんが、売店に商品を搬入した荷物運搬用のカートか何かで、船外に運び出したのだろうな。しかし、その時点ではすでに津田さんは死んでいたのかもしれない」

浅見は沈痛な想いを込めて言ったのだが、それが安藤に伝わったかどうかは分からなかった。

「さて、そうして第一の殺人は行なわれた。気の毒なのは佐々木さんだ。彼女は水上バス内の手品を、ほんの冗談だと思って加担したにちがいない。殺人劇に参加する気持ちなど、もちろんありはしなかったはずだ。だからもちろん、池沢さんを犯人に仕立てるという計画を聞かされ、そんなつもりはなかったと騒ぎ立てたのだろう」

「ふふふ……」

安藤は含み笑いをした。それは不敵というより、投げやりな気持ちの表われのように、浅見には思えた。

「よく考えたもんだ」と安藤は言った。

「それで私は佐々木辰子まで殺した――というわけか」

「そうだ」

浅見は闇の中でも見えるように、大きく頷《うなず》いた。

「もっとも、佐々木さんを殺すのは、当初からのあんたの筋書きだったのだろうけれど」

「まあ、そんなところかな」

安藤はもはや「事件」そのものを隠すつもりは失《う》せたようだった。

「彼女は池沢に復讐《ふくしゅう》しなければ、気がすまないと言っていたのだ。あんたは知っているのかどうか、池沢の奥さんは自殺したのだよ。佐々木辰子は池沢夫人が自殺した際、そばにいて、夫人の死を看取《みと》ったのだ。池沢が浅草に来て、隅田川の再開発だとか何だとか、大きなことを言っているのを聞くと、我慢ならないと言っていた。自分の奥さんのことすら守ってやれないような男に、何が人間性の回復だ——とか、しきりに罵《ののし》っていたよ」

「…………」

今度は浅見が沈黙した。

「だから、私はてっきり辰子も池沢にたいして殺意があるのかと思ってね……そうしたら、肝心な時になって引っ繰り返った。まったく、女なんてアテにならないものだ」

「それで、殺したのか……」

浅見は怒りで震えた。

「ああ、そうだ、殺した。四月五日の夜、隆子の死体を隅田川に沈めようと、私のボートに京子と辰子を乗せて、浜離宮前まで行った。池沢がヨットハーバーの会長を辞《や》めた時に盗んでおいた万年筆やナイフやバッジを、死体と一緒に川へ沈めようという土壇場になって、辰子は急に騒ぎだしたのだ。津田隆子を本当に殺すなんて思っていなかった、と言うのだな。それでヒステリックに摑《つか》みかかってきやがったので、首を絞めて殺した」

「悪魔のようなやつだな」

「そんな月並みなことを言うなよ。人間、走りだしたら止まらないということがあるものだ。いや、私だってこうなるとは思っていなかった」

安藤は自嘲《じちょう》した。

「元はといえば、いまの浅草支店に転勤してきて、吾妻羊羹本舗を訪れて京子に会った時から、こういう結末が約束されていたのかもしれない——と、この頃、思うようになってきたよ。私が悪魔なら、あの女は魔物だね。いくら貢《みつ》いでも底無しの胃袋のように飲み尽くす。身分不相応に銀座ヨットハーバーの会員になったのも、あいつに対する見栄みたいなものだったしね。そうなりゃ、店の金の遣い込みなんか、当然の帰結のようなものだ。いや、もちろん、最初は一時しのぎで、すぐに戻すつもりだったさ。しかし、それをもくろんだ株で失敗すると、たちまち泥沼に落ち込んだ。もうかれこれ四億ぐらいになるんじゃないかな。さすがの私も、どうしようもないような気がしてきた。どうにでもなれという気がしてきたよ」

安藤は「ふーっ」と息をついた。

「まあ、そのあとは話すこともないか。あんたが言ったとおりだ。警察もこっちが考えたとおりに引っ掛かった。ただ……」

安藤は口ごもった。

「ただ、どうも不思議でならないのは、佐々木辰子の死体が銀座ヨットハーバーの底から発見されたということだ。なぜあんなところまで流れたのかなあ……あのニュースを知った時には、何だか知らないが、ゾーッとしたね。潮の動きがあるからって、あそこまで流れつくはずがないからね。あの女が築地川の底を這《は》ってゆく姿を想像したよ。しかも、口の中に池沢の会員バッジが入っていたというのだから……」

「えっ？」

浅見は驚いた。

「じゃあ、あのバッジはあんたが、彼女の口の中に入れたのじゃないのか？」

「私が入れた？　いや、そうじゃない。あの女は、私に摑みかかったドサクサまぎれに、バッジを奪って口に入れたのだ。そうとしか考えられない。池沢の犯行に見せかける証拠を、隠そうとしたのだろうな」

「しかし、そんな抵抗をすれば、あんたに殺されるに決まっているだろう」

「それは覚悟の上だろうな。いや、どのみち、死は覚悟していたのかもしれない……しかし、首を絞められても、よくバッジを吐き出さなかったものだな……」

「執念か……」

「ん？」

「いや、それは佐々木さんの執念だったにちがいない。あんたに殺されると覚悟した、そのほんの一瞬に、彼女はバッジを口に入れて、池沢さんを守ろうとしたのだろう。結果的には池沢さんに警察の容疑を向けることになったが、彼女の執念は殺されてもバッジを吐き出さなかったことで証明された。もしかすると……そうだ、あんたが言ったとおり、彼女は築地川の底を這って、銀座ヨットハーバーのあんたを告発しようとしたのかもしれない」

それを言う時、浅見の声が震えた。ヘドロの中を、芋虫のように這う「死体」を想像しただけで、浅見はもう卒倒しそうだった。

それは隅田川の川土手に埋められた梅若丸が母恋しさの亡霊になったというのより、はるかに現実感があった。

「恐ろしい……」

安藤が呻《うめ》くように言った。

「あんたは震えているようだが、私もじつは怖くてしょうがないのだよ。死刑になるのも怖いが、生きているのも怖い。隅田川の底に横たわって、体中に蛆虫《うじむし》がわく夢を見るんだよ。たえず誰かが見張っている、誰かが追い掛けてくる……もう逃げ場がない。殺すしかない……」

言いながら、安藤は手を動かした。闇の中で、キラリと光るものがあった。

「やめろ！」

浅見は叫んだ。

「これ以上、抵抗しても無駄だ。刑事が来ているぞ」

「ふん、脅してもだめだよ」

安藤はせせら笑った。

「さっき、周囲を調べたと言っただろう。ここには誰も来ていないよ。お巡りの巡回までには、あと三十分ばかりある。あんたも隅田川に沈んでもらうことにする」

安藤は身構えた。

その瞬間、浅見は愕然《がくぜん》と気がついた。

（そうか、十二時としか言わなかった——）

痛恨のエラーであった。前川は「十二時」を明日の正午と勘違いしているのだ。

（ばかな——）

浅見は左へ走った。だが、安藤はその動きを予測していたように、サッと行く手を塞《ふさ》いだ。手の先の鈍く光るものが、蛇の舌のように、浅見の腹目掛けて繰り出された。

「ツッ……」

腹に痛みが走った。ナイフはブルゾンを切り裂き、腹の皮を切ったらしい。

浅見は飛びすさった。背中が固いコンクリート壁にぶつかった。

反射的に右へ逃げた。安藤は確実に浅見との距離を射程内に置いて、堤防と平行に移動する。突っ込んでくれば、身を避けて脱出することも出来そうだが、それを承知しているような、安藤の作戦であった。

浅見は恐怖の中で、絶望的に死を思った。

エピローグ

不慮の死——という。浅見は自分がそういう死に方をするとは、それこそ思ってもみなかった。

誰だってそうだ。山に登れば転落死する者は必ず出る。飛行機は必ず落ちる時がある。しかし、誰もがその瞬間を迎えるまで、よもや自分が——と、楽観している。あるいは考えないことにしている。だからこそ「不慮」の死、なのである。

（ここで死ぬのか——）と浅見は思った。そう思った時、どういうわけか、道路に違法駐車をしてきたソアラがレッカー車で引っ張られてゆくことを想像した。

まだローンを払い終えていないソアラである。ソアラで走り回った日本中の風景が、頭のスクリーンを猛烈な速さで流れていった。

不思議に人間のことは思い浮かばなかった。母も兄も美保子も、もちろん軽井沢の作家のことも……。

（死ぬか――）

もう一度、思った。堤防に背を凭《もた》せかけ、両手をバンザイするように高々と上げた。どこからでも刺してくれ――という意思表示のつもりだった。

その時、右手の手首から先が堤防の上端に当たった。

（退路がある――）

瞬間の閃《ひらめ》きだった。いや、冷静に考えれば、ばかげた盲点でしかなかったのだ。前に脱出すること以外、頭に浮かばなかった。

退路は背後に、文字どおり洋々と開けていた。

浅見は堤防の上端を、渾身《こんしん》の力を籠《こ》めて捉《とら》え、反動をつけて地面を蹴《け》った。

安藤が「ちきしょう」と叫び、突っ込んでくるのが目の端に見えた。

左肩をナイフがかすめた感触があったが、それをたしかめることもできずに、浅見は黒い水面《みなも》に向かって斜めに落ちていった。

妙な体勢で落ちたらしい。脇腹をしたたかに水面で打った。しかし、その抵抗があったぶん、深く沈まずにすんだ。

浅見はすぐに靴を脱ぎ、ブルゾンを脱いだ。靴はどこへ行ったか分からなくなったが、ブルゾンのほうはしっかり摑《つか》んだまま、泳いだ。

水上バスに乗った時の記憶が役に立った。少し上流に行けば吾妻橋発着場の桟橋《さんばし》があると思った。

水は思ったほど冷たくも、汚くもなかった。浅見は傷の痛みも忘れ、楽しむように岸を目指し、泳いだ。

時も場所もまさに「春のうららの隅田川」であった。

参考文献として、加太こうじ著『浅草物語』（時事通信社刊）を使用させていただきました。

自作解説

「旅情ミステリー作家」という烙印を押されて、もう十年近くにもなります。日本全国に「旅情」を求めて彷徨《さまよ》い歩いていますが、東京を題材にした作品はごく少ない。『上野谷中殺人事件』（角川書店）と本書『隅田川殺人事件』ぐらいなものです。「東京には空がない」ごとく、東京には旅情をそそられる風景など存在しないと思われるかもしれませんが、そんなことはありません。隅田川はまさにそのトップに挙げていいと思います。

大江戸の昔から、隅田川は下町情緒のシンボルとして、周辺の街に住む人々の暮らしの一部、もしくは大部分に、物心両面で影響を与えつづけてきました。「ウォーターフロント計画」が急速に進捗《しんちょく》する中で、隅田川を取り巻く風景や環境はどんどん変化しつつありますが、そうなったらそうなったで、また新しい情緒が生まれ、東京のシンボルの一つとして、いつまでもその価値を失うことはないでしょう。

ということで、『隅田川殺人事件』もまた「旅情ミステリー」のジャンルに入れていい作品だと思っています。この作品の中で、雪江未亡人が隅田川に対するつらい想いを述懐する場面がありますが、そういう過去も含めて、隅田川は多くの東京人にとっての精神的土壌であり原風景といっていいのです。

ところで、隅田川の支流の一つである石神井川《しゃくじいがわ》（滝野川《たきのがわ》）は、浅見光彦の家からほど近いところを流れ下っていますが、石神井川が隅田川の本流に流れ込む直前の「音無川《おとなしがわ》」と呼ばれる辺りは、僕の少年時代の遊び場の一つでもありました。そのことは本書の中で詳しく述べてありますが、じつを言うと、この作品を書くまで、僕は隅田川とはどこからどこまでどう流れている川なのか、正解な知識がなかったのです。いや、おそらく東京に住んでいる人々のほとんどが、それと似たようなものではないでしょうか。まして、石神井川の源流が小平《こだいら》付近であることなど、はじめて知って、ちょっとしたカルチャーショックでもありました。

それと、ある地方在住の読者から「東京の地理が分からないので、本を読んでもピンとこない」というご指摘がありました。そこで本書にはノベルズ版にはなかった地図を載せることにしました。ただし、この本を書いた平成元年といまとでは、隅田川周辺の状況は大きく変化しております。ヨットハーバーが無くなったり、橋が架かったり、道路が出来たり——と、現在もその変化のスピードは衰えていません。したがって、精密な地図を載せてもあまり意味がありませんので、ごく簡単な位置関係が分かる程度の地図にしましたので、ご了解ください。

さて、この『隅田川殺人事件』には、あの「小松美保子」が登場します。「あの」といったって、知らない人も多いでしょうが、小松美保子は『赤い雲伝説殺人事件』(廣済堂出版・角川書店)で浅見光彦と共演(?)し、ホテルの一室で、浅見とあわや——という雰囲気までいった、問題の女性です。今回、文庫解説を書くにあたって、しばらくぶりに読み直すまで、僕は彼女がこの作品に登場していることをすっかり忘れていました。忘れていたといえば、冒頭、飛鳥山《あすかやま》公園で酔っぱらいを殴り倒した紳士の存在も完全に失念していました。じつはいま、第二章を読んでいるところなのですが、この紳士がいったい何者なのか、物語の中でどういう役割を担うために登場しているのか、まだ思い出せずにいる体たらくなのです。まるで新しい読者のような感覚で、自分の本を読んでいるのだから、ずいぶんおかしな作家ではありません。

おかしな——といえば、この作品の終わり方もふつうではありません。読者からのお手紙の中に、「いったい浅見は死んだのか、犯人は逮捕されたのか?」というのがありました。まあ、ちょっと考えれば、浅見は助かったし、犯人は捕まったであろうことぐらいは分かりそうなものだと思いますが、何でもかんでも「余りなし」に割り切れなければいけないという、ご存じ「ミステリーの原則」みたいなものに照らせば、これは重大なミスということになりそうです。文庫化するにあたって、ラストを分かりやすく書き直したほうがいいかなとも思いましたが、あえて原状のままお届けします。

『隅田川殺人事件』を書いた1989年は、僕の執筆量がピークだったころで、その年には十二冊の本が出版されています。雑誌連載が最も多い時で八作品並行して書いたのもこの時期です。このままゆくと作品の質が低下しかねない——と危機感を抱《いだ》いて「雑誌書かない宣言」を発する翌年夏ごろまで、思えばよく頑張りました。

もっとも、連載小説だからといってよい作品が出ないというものでもなさそうです。僕の好きな『天河伝説殺人事件』は雑誌連載でしたし、『鐘』や『透明な遺書』もそれぞれ新聞と週刊誌に連載された作品です。『隅田川殺人事件』は書き下ろし作品ですが、大作というわけではありません。ただし、書き下ろしの場合には、執筆中に生まれたアイデアをいろいろと加味することができる点、小粒ながらピリッとしたものになる可能性があります。本書なども、僕の作品の中では比較的小型ですが、変化に富んだストーリーの展開を、充分お楽しみいただけたのではないでしょうか。

解説の解説

愚痴を言うわけではありませんが、読者にはいろいろな方がおいでです。「おまえの書く自作解説は面白い」というご意見がある一方、「自分の作品を解説なんかするな」というのもある。ことに後者はなかなか辛辣《しんらつ》で、自画自賛みたいな真似はするな――と、きついお叱りだったりするのです。作品の善《よ》し悪《あ》しは読者が判断すればいいことだから、自分の作品を「面白い」だとか、「どうしてこんなことを思いついたのか自分でも不思議だ」とか言うのはやめろというわけです。そう言われると、ただひたすら恥じ入るばかりで、グウの音《ね》も出ないのですが、しかし考えてみると、この手の解説は評論家が書いても褒《ほ》め言葉の羅列であることが多いものです。これまで、ずいぶん沢山の「解説」を書いていただいていますが、貶《けな》すような内容の解説には、ただの一度もお目にかかったことがありません。してみると、自分で褒めるのはまずいが他人に褒めさせるのはいいということなのでしょうか。なんだか、それも馴《な》れ合いみたいで、気がさしますが。

何年か前までは、こういう「解説」はすべて評論家か先輩作家にお願いしていました。慣行上からいってもそれが出版界の常識だと思っていましたから、自分で自分の作品を解説するようなおこがましいことは、考えもしなかったものです。それがある時、たまたま出版のスケジュールが詰まってしまって、第三者に解説を依頼する時間的余裕がなく、ピンチヒッター（？）として、自ら解説を書かされる羽目になりました。結果、担当編集者の話によると、その「自作解説」は読者の評判がよかったそうです。それはそうかもしれません。なんといっても、自分のことは自分が一番よく知っているのですから、評論家の先生が憶測で書かなければならないハンデがあるのに較《くら》べれば、ずっと正確に書けて当然です。ことに、作品が生まれた時代背景や、作者のスタンス、創作にまつわる裏話めいたものは、作者自身でなければ分からないことばかりです。

ただ、自作解説では、客観的な視点に立つことはできません。かりに作者本人はそのつもりで書いたものでも、読む側が素直にそう認めてくれるとかぎりません。褒め言葉は自己満足と見なされるし、貶したりすれば衒《てら》いと受け取られるでしょう。前述の「お叱り」はまさにその典型といえます。しかし、「お叱り」説によれば、客観的に作品をどう評価するかは、それこそ読者ひとりひとりの裁量に委《ゆだ》ねるべきものですから、解説の必要はないことになります。つまり、自作解説をやめろというご意見は、「解説」そのものを否定することにほかなりません。

というわけで、今後も「自作解説」をつづけるべきか否かで悩んでいます。ご意見をお聞かせいただければ幸いです。

一九九二年晩秋

内田康夫

橋爪《はしづめ》功《いさお》氏と軽井沢のセンセ

この『ミステリー紀行』を書くにあたっては、もちろん「原作」に目を通すのだが、全部が全部、ちゃんと熟読することはない。ゆっくり読める時間的余裕がないこともあるけれど、この場合は、ストーリーを読むことより、執筆前後にどのようなエピソードがあったかを、記憶の底から探り出すのが目的だからである。

まったくの話、僕ときたひには、ほんとうに記憶力が弱い。自分の作品であるにもかかわらず、ほとんどの物語を、大まかな筋立てしか憶えていないのである。だから、あらためて作品を繙《ひもと》くと、あんなことも書いたのか、こんなことも……と驚きの連続、まるで他人の小説を読むような具合だ。

徳間文庫版のあとがきにも書いたが、この作品には『赤い雲伝説殺人事件』のヒロイン・小松美保子《こまつみほこ》が登場している。そればかりでなく、彼女や雪江未亡人が所属する「立風会」という絵画教室も出てくる。そんなところから、どことなく『赤い雲伝説

――』の続編のような感じさえする。浅見と美保子のヨリが戻る気配さえあるのだ。

「浅見光彦シリーズ」には、どの作品にもヒロインが登場する。読者にはそれぞれお好きなタイプがあるらしく、『平家伝説――』の佐和《さわ》が好きだとか、『津和野――』の実加代《みかよ》がいいとか、いろいろお便りを頂戴する。その中に『赤い雲伝説殺人事件』の美保子が嫌い――というのがあった。理由は、浅見とホテルの一室でアブナイ関係になりそうだった――からなのだそうだ。

かと思うと、浅見にオトナの恋をさせてあげてくれ――などというお便りもある。三十三にもなって童貞というのはおかしい――とイチャモンをつけてくるムキもある。浅見が童貞かどうか、本人から詳しく聞いたわけではないが、いくら何でもそんなことはないと思う。何かの作品でそのことは書いたはずなのだが、健忘症の僕はどの作品か忘れてしまった。

小松美保子が『赤い雲伝説――』と『隅田川――』に登場するように、二つの事件にまたがって出てくる人物はほかにもいる。浅見ファミリーをはじめとする浅見側の人間は当然だとしても、犯人側にも、ごくまれにそういうケースがある。僕の記憶では『漂泊の楽人』と『白鳥殺人事件』がそれだった。

こんなふうに他の作品に出ている人物を使う典型は、「シャーロック・ホームズ」

や「浅見光彦」のようなシリーズキャラクターだが、シビアな「本格派」には気に入らないらしい。素人のルポライターが、そんなにしょっちゅう事件に遭遇するのはおかしい——ということだ。そんなことをいわれても、僕までが雪江さんのように、浅見クンに「事件に首を突っ込むのはやめろ」などと忠告するわけにもいかないので、困る。

それに、シリーズキャラクターにも長所があるのであって、まず、登場人物の説明をダラダラと長ったらしくやらないですむ。読者は最初のページを開いた瞬間から、浅見光彦の世界に入り込める。あとは浅見クンと一緒になって謎解きの旅に出ていただけるというわけだ。

そのことは、脇役や点景の人物についてもいえることだろう。むしろ、かつて出会った人物とは二度と出会わないというほうがおかしい。まして小松美保子サンの場合など、現に雪江サンと同じ絵画教室に通っているのだから、そのチャンスが多くても不思議はないのである。

本格派という話が出たので、ついでに新本格派のことにも触れておこう。

ごく最近、大分東《おおいたひがし》高校の図書館部から手紙で、今度、部の機関紙で「新本格派をぶっ飛ばせ」という特集をするので、何か寄稿してくれといってきた。部長をやってる船瀬クンというのはなかなか優秀な生徒だ。将来、編集者か評論家にでもなりそうな予感がしたので、無下《むげ》な断わりもできず、引き受けることにした。以下にその原稿を無断転載する。

＊

「新本格派をぶっ飛ばせ」というテーマで物を言うことなど、気の弱いぼくにはとてもできない。あまり読んだことはないけれど、「本格」の上に「新」がつくのだから、よほどすごいのだろうな——という先入観がある。家を斜めにしたり、五角形だか十角形だかにしたり、おっそろしく長い振子で死体を吊り上げたり、人を殺す仕掛けを創るのはたいへんだろうな——と、遠くから眺めているばかりである。非日常的な状況を構築して、非常識な犯罪を行なわせて、それが常識的な世界の日常につながっているなどとは、常識の権化《ごんげ》のようなぼくには到底《とうてい》思いつかない。いいトシをしたおじさんが、アホなことを考えている——などと悪口を言うつもりはないが。

＊

いかにも僕らしく、いつでも逃げられるように腰を引いた論調である。もっとも、書いたとおり、僕は新本格派の作品をほとんど読んだことがないので、詳しいことは書きようがないのだ。ただ漠然とではあるけれど、僕の書いているのとは、対角のところにあるのだろうな――と認識している。

考えてみると、僕の作品はミステリーの本道という観点から見ると、亜流なのかもしれない。新本格派のファンのように、ミステリーを推理ゲームと捉《とら》えている読者にいわせれば、堕落もいいところにちがいない。

あらためて『隅田川殺人事件』を読み始めて、ふとそんなことを思った。この作品にかぎらず、僕の本の多くは、謎解きだとか、トリックだとかいった、ミステリーの本筋とは無縁のところに、けっこう「読ませどころ」が仕掛けてある。たとえば浅見ファミリーの設定――ことに雪江未亡人の存在など、わかっていても、つい引き込まれてしまう。

『隅田川殺人事件』では、雪江が大いに活躍している。この女性は古い良妻賢母の典型のようでいて、才気煥発《さいきかんぱつ》、なかなか粋なところもあるのだ。浅見の寝坊を咎《とが》めて、次男坊が「原稿に追いかけられて、ワープロの前に坐りきりなのです」と弁解すると、「おや、そうなの。キーを叩く音がちっとも聞こえないけど」とやり込める。

「それはあれです。沈思黙考《ちんしもっこう》をしている時なのです」

「沈思黙考も一時間を越えると、わが国では睡眠と呼ぶのだけれど」

こういう皮肉がポンポンいえる女性は、めったにいるものではない。この母にしてこの次男坊あり——という、絶妙なコンビが、たまらなく魅力的なのだ。

雪江未亡人は次男坊の「探偵ごっこ」を苦々しく思っているようでいて、そのじつ、彼の才能を買っているフシがある。たとえば、『津和野殺人事件』では、自分が巻き込まれた殺人事件の捜査をやるよう、浅見に積極的に命じている。『隅田川——』でもそうだ。浅草名物の水上バスから花嫁が消えてしまった——というこの事件の謎を、息子に解かせようと仕向けている。

水上バスから花嫁が消えるトリックは、実際に水上バスを取材しているとき、思いついた。べつに大した手品ではないから、あなたにも簡単にできるが、やはり現地を取材してみないと、思いつかなかっただろう。

水上バスには例の松岡女史と乗った。氷雨《ひさめ》もようの寒い日だった。日の出桟橋《さんばし》の待合所は風通しがよく、券売所の中でぬくぬくしている職員が羨《うらや》ましかった。作品の中では、雪江がプリプリ怒っているのだが、あれは松岡女史の感想そのものである。その反動だろうか、水上バスに乗って席に落ち着くと、急に眠気が襲ってきた。透明なクリスタルガラスの屋根に覆われた船内は温室のように暖かで、揺れ具合もちょうどいい。
浜離宮《はまりきゅう》、魚河岸《うおがし》、勝鬨橋《かちどきばし》——と移り変わる左右の風景をガイド嬢がいろいろ説明しているのだが、隣りの松岡女史を見ると、うつらうつら船を漕《こ》いでいる。船に乗っているのだから、船を漕いでも不思議はないか——などと思っているうちに、いつのまにか浅草に着いた。「内田さんは眠ってばかりいましたね」と女史は嘆かわしげに眉をひそめた。よくいうよ、まったく。

浅草は、その昔を知っている目で見ると、ほんとうに寂しくなった。六区の大通りなど、夏の旧軽井沢銀座のように賑《にぎ》わったものなのに、ゴーストタウンみたいに人っ子一人いなかった。あれから四年経つが、いまはどんなだろう。

観音様にお参りして、花《はな》やしきの遊園地を覗いて、小さな鰻屋で蒲焼《かばやき》定食を食べた。店の名は忘れたが、いかにも浅草らしい鄙《ひな》びたいい感じの店だった。すこし遅れて、見たことのある、うらなり瓢簞《ひょうたん》みたいな顔の男性が女性連れで入ってきた。おぼろげな記憶を辿《たど》って、ＮＨＫの朝ドラの『青春家族』に出ている人であることを思い出した。当時はさほどでもなかったかもしれないが、いまや、押しも押されもしない売れっ子スターの橋爪功氏だ、浅草に住んでおられたのだろうか。

この本の巻末をご覧になると、テレビドラマの配役について、人気投票をした結果が掲載されている。その中の「藤田編集長」役のトップが橋爪氏。また、「軽井沢のセンセ」役では、トップの僕につづいて第二位に橋爪氏が推《お》されている。何だか他人のような気がしない。あのときご一緒だった女性はディレクターかマネージャーか、とにかく似たようなカップルのニアミスだったわけで、妙な気分ではある。

ところで、『隅田川殺人事件』のプロローグに隅田川の上流域の一つである石神井《しゃくじい》川《がわ》のことが出てくる。

石神井川は僕の生まれ育った東京都北区西ヶ原《にしがはら》（現在の浅見家の住所）のすぐ近くを流れ下り隅田川に注ぐのだが、この付近にかぎり「音無川《おとなしがわ》」と名前を変える。飛鳥《あすか》山《やま》や王子権現《おうじごんげん》、名主《なぬし》の滝など、この辺りが江戸の町民の憩《いこ》いの場所だったころに名付けられた風流な名称であり、当時は桜や紅葉の名勝でもあったようだ。

音無橋というみごとなアーチ橋の下が僕たちの遊び場で、ドブ臭い川だったのが、最近はきれいな水がほんのチョロチョロ流れているだけの、人工的な公園になってしまった。石神井川の水は飛鳥山の下に巨大な暗渠《あんきょ》をぶち抜いて、モロに隅田川に流しているのだそうだ、飛鳥山に防空壕があった往時を知る者としては、感慨深いものがある。

解　説

山前　讓

この長編を初めて読んだ時のことである。いよいよ真相が明らかになるという場面になって、この作品が名探偵の「最後の事件」になるのではないかという、えも言われぬ不安に駆られた。

ミステリーにおいて名探偵の「最後の事件」はさほど珍しいものではない。日本の作品ならば、タイトルに「最後の事件」と謳《うた》われたものを何作も見つけることができるだろう。英米の作品なら「last case」が「最後の事件」と訳されるが、E・C・ベントリー『トレント最後の事件』やフィリップ・マクドナルド『ゲスリン最後の事件』などがある。『カーテン―ポアロ最後の事件』の原題は「Curtain: Poirot's Last Case」だが、一九七五年に刊行されたアガサ・クリスティの長編で、彼女の人気名探偵であるエルキュール・ポアロの「最後の事件」だった。

「最後の事件」といってもそれは名探偵の引退や死を必ずしも意味していない。シャーロック・ホームズの短編としては二十四番目の事件は、「最後の事件」と邦題が付けられている。原題は「The Final Problem」で、ホームズはスイスのライヘンバッハの滝で消息を絶ってしまう。作者のコナン・ドイルはホームズ譚《たん》に区切りを付けたかったようだが、もちろん読者はそれを許さなかった。

本書『隅田川殺人事件』は一九八九年四月にトクマ・ノベルズ（徳間書店）の一冊として書下し刊行された。登場する名探偵はお馴染みの浅見光彦である。そして、この作品のあとにも浅見光彦シリーズは書き継がれていくから、幸いなことにこの長編が危惧《きぐ》した「最後の事件」とはならなかった。

冒頭で紹介されているその浅見光彦の幼少期の思い出など、北区西ヶ原にある浅見家に深くかかわるミステリーであり、興味深いファクターが色々と織り込まれている。三人の女性をキーワードにしてまとめていこう。

ひとり目の女性は花嫁の津田隆子である。

結婚式当日、浅草の吾妻橋から日の出桟橋まで、隅田川を下る水上バスに乗って行こう――隆子が母親や親族に提案する。結婚式の会場は白金台の八芳園だった。浅草からなら車で、あるいは公共交通機関を使えばより簡単なのだが、それは受け入れられた。穏やかに晴れた結婚式当日、花嫁を含む一行八名は吾妻橋の乗り場で、水上バスに乗り込む。

四十分ほどの船旅で日の出桟橋に着いた。そこからはタクシーで八芳園に向かう予定だったが、何故か隆子がいない。水上バスの事務所に問い合わせると、全員降りたとのことだった。それほど大きな船ではないから、理由はともあれ、どこかに隠れていても見つかってしまうだろう。そして当然ながら船の周囲は川である。万が一転落でもしたら大変と、船員は注意を払っているはずだ。これは密室状況での失踪事件ではないか!?

不可思議な失踪はミステリーにおける魅力的な謎のひとつである。もっともスケールの大きな失踪事件は、満席で飛び立ったジェット機内から人妻が消えた夏樹静子『蒸発』だろうか。一方、クレイトン・ロースン「天外消失」は狭い電話ボックスから女性が忽然《こつぜん》と消えていた。実質的には密室となっている水上バスからの失踪もまた、謎解きの興味をそそるに違いない。

一方、八芳園の結婚式場で待ちぼうけをくらったのは花婿の池沢英二である。彼は「立風会」という絵画教室に通っていた。あの小松美保子も通う——ふたり目の女性は生徒の中でも画才はピカ一で、セミプロと言っていい存在の小松美保子だ。

美保子はすでに浅見光彦シリーズにヒロインとして登場している。シリーズ第三作の『赤い雲伝説殺人事件』だ。そこにはこう書かれている。

立風会は立石清風画伯が主宰するグループで、数名のプロ画家と数十名のアマチュアが参加している。立石の画風自体、ごく古典的な具象派だから、そこに集う会員の描く絵はすべて具象を旨としたものばかりである。分かりやすいといえば分かりやすいが、画壇に新風をまき起こすといった魅力に乏しく、専門家筋やマスコミの注目を集めることもない。逆にいえば、それだからこそ、会員同士の和気あいあいとした交流の場として存在し得るのかもしれなかった。

そんな雰囲気の会だから、会以外では交流のない池沢の結婚式に美保子は出席することにしたのだろう。

『赤い雲伝説殺人事件』で殺人事件の捜査に携わった刑事によれば美保子は、〝二十八歳だというが、歳よりはずっと若く見え、しかもなかなかの美貌〟とのことだった。そして、彼女の描いた『赤い雲の絵』が盗まれたことが事件のポイントとなるのだが、「立風会」に通っている母親の命で、その絵を捜すことになったのが浅見光彦である。そしてあろうことか、山口県のホテルの一室でふたりは……。

浅見光彦とヒロインの関係においてじつに重要なシーンなのだが、いつものことながら事件解決後にふたりの関係が深まることはなかった。ところが、その小松美保子が再登場しているのだ。それは浅見光彦シリーズにおいてけっこうレアなケースだから、ヒロイン分析学的に『隅田川殺人事件』はシリーズのなかでもとくに注目すべき作品なのは間違いないだろう。過去の経緯だけではない。ここで美保子は、一緒に水上バスに乗るなど、浅見の探偵行をサポートしていくのだ。

そして第三の女性は名探偵の母の浅見雪江である。雪江もまた池沢の結婚式に出席していた。花嫁失踪という事態に憤慨した雪江は、帰宅後、息子にその顚末《てんまつ》を話す。それは名探偵の興味を大いにそそるものだった。こうして浅見光彦の謎解きが始まる。ただ、名探偵が隅田川に潜んでいた邪悪な企みにようやく気付いたとき、シリーズ中最大の危機が迫るのだ。

じつは雪江には隅田川にはいい思い出がなかった。隅田川は戦争がもたらした悲劇の場でもあったからだ。ただ事件が起こったのは桜の季節である。咲き始めた隅田川公園の桜が雪江の心を和ませる。それは東京ならではの旅情と言えるだろう。雪江は隅田川に新たな思いを抱くのだった。そして複雑に絡み合う人間関係――。「地名＋殺人事件」という内田作品ならでは創作姿勢のコンセプトが、本書でも明確に伝わってくるに違いない。

隅田川には多くの橋が架かっている。浅見光彦が乗船した水上バスは、勝鬨橋を最初に、佃《つくだ》大橋、永代橋、隅田川大橋、清洲橋、新大橋、両国橋、蔵前橋、厩《うまや》橋、駒形橋などを通過して、浅草水上バス発着所に接岸する。これらは隅田川橋梁《きょうりょう》群と称され、江戸時代から整備されてきたのだが、関東大震災で木造の橋が焼失してしまうと、鉄橋による再建が進められた。

面白いのはそれぞれにデザインが異なり、今はライトアップも個性的なものとなっている。インバウンドの観光客が多数訪れている浅草は、浅草寺やグルメだけでなく、色々な楽しみ方があるようだ。

水上バスには乗船したことが一度ある。うっかりするとこうした橋に頭をぶつけてしまいそうな、じつにスリリングな船旅だった。浅草へはもちろん地下鉄などを利用のほうが利便性が高いが、東京タワーや東京スカイツリーも眺めることができる船旅もまた、なかなかおつなものではないだろうか。ひと味もふた味も違う旅を味わうことができる。

肝心なことを忘れてはいけない。浅見光彦は人生最大の危機をいかにして乗り越えたのか。知的な名探偵というイメージをちょっと見直してしまう、驚愕のラストシーンが『隅田川殺人事件』には待っている。

二〇二五年二月

この作品はフィクションであり、文中に登場する人物、団体名は、実在するものとまったく関係ありません。なお、風景や建築物など、現地の状況と多少異なっている点があることをご了承ください。

（著者）

本作品は２０１７年２月に刊行された徳間文庫の決定版です。

「橋爪《はしづめ》 功《いさお》氏と軽井沢のセンセ」は光文社文庫『浅見光彦のミステリー紀行　第３集』より再録しました。

徳間文庫

隅《すみ》田《だ》川《がわ》殺《さつ》人《じん》事《じ》件《けん》【決《けっ》定《てい》版《ばん》】

2025年3月15日　初刷

著者　内《うち》田《だ》康《やす》夫《お》

発行者　小宮英行

発行所　株式会社徳間書店

東京都品川区上大崎三－一－一　〒141－8202
目黒セントラルスクエア

電話　編集〇三（五四〇三）四三四九
　　　販売〇四九（二九三）五五二一

振替　〇〇一四〇－〇－四四三九二

印刷
製本　中央精版印刷株式会社

ISBN978-4-19-895010-1　（乱丁、落丁本はお取りかえいたします）